Peter Härtling hat im Herbst 1992 zum erstenmal nach 1945 die Stadt seiner Kindheit Olomouc (Olmütz) in Mähren besucht. Er wollte noch einmal den Spuren seines Vaters folgen, der ein paar Jahre hier als Rechtsanwalt tätig war und mit dessen Andenken er sich vor allem in ›Nachgetragene Liebe‹ (1980) auseinandergesetzt hat. Er wurde dabei auf das Schicksal einer Frau aufmerksam: der tschechischen Sekretärin seines Vaters. Ihr setzt er hier ein literarisches Denkmal. »Mit ›Božena‹ hat Peter Härtling eine eindringliche Erzählung geschrieben: die beispielhafte Lebensgeschichte eines Menschen, der, wie Millionen in diesem Jahrhundert, durch die Zeitereignisse zum unschuldigen Opfer wird.« (Jürgen P. Wallmann)

Peter Härtling, geboren am 13. November 1933 in Chemnitz, Gymnasium in Nürtingen bis 1952. Danach journalistische Tätigkeit; von 1955 bis 1962 Redakteur bei der ›Deutschen Zeitung‹, von 1962 bis 1970 Mitherausgeber der Zeitschrift ›Der Monat‹, von 1967 bis 1968 Cheflektor und danach bis Ende 1973 Geschäftsführer des S. Fischer Verlages. Seit Anfang 1974 freier Schriftsteller.

Peter Härtling

Božena

Eine Novelle

Deutscher Taschenbuch Verlag

Ungekürzte Ausgabe
Dezember 1996
2. Auflage Mai 1997
Deutscher Taschenbuch Verlag GmbH & Co. KG,
München
© 1994 Verlag Kiepenheuer & Witsch, Köln
ISBN 3-462-02359-4
Umschlagkonzept: Balk & Brumshagen
Umschlagbild: Charlotte Salomon (Jüdisches Historisches
Museum, Amsterdam. © Charlotte Salomon Foundation)
Gesetzt aus der Stempel Garamond 10,5/12,5· (Berthold)
Satz: Kalle Giese Grafik, Overath
Druck und Bindung: C.H. Beck'sche Buchdruckerei,
Nördlingen
Gedruckt auf säurefreiem, chlorfrei gebleichtem Papier
Printed in Germany · ISBN 3-423-12291-9

Alles gegen uns

Alles wovon wir in der Kindheit träumten
und auch das
was niemand sich hätte träumen lassen

Und auch die Schönheit
die wir zumindest aus dem Augenwinkel erhaschten
aber auch die
an der wir blind vorübergingen

Selbst die Liebe

Selbst die Liebe wird gegen uns verwendet
der Sarg aus Glas
die Erdbeere die erste in diesem Jahr
die Herbstrose unseres Uneingedenkens

Und alles Gestrige das kein Übermorgen kennt

Jan Skácel

Sie tritt an die Tür und wartet auf den Hund, dem sie einen deutschen Namen gab, Moritz, wie seinen vier Vorgängern auch. Es könnte ihr letztes Hündchen sein. Das hat sie vor ein paar Tagen zu Václav gesagt, ohne groß nachzudenken, und er hat sich wie immer mit einem raschen Trost davongemacht: Sie werde mindestens auf ein Dutzend Hunde kommen, und über neue Namen brauche sie sich ja keine Gedanken zu machen.

Sie versteht seine Eile, mag seine hastigen Aufbrüche, seine kurzatmigen Besuche, denn sie hält den Neffen auch nicht lange aus. Manchmal kommt er mit Ženka, seiner Frau; sie bringen ein Essen mit. Dann sitzen sie schweigend bei Tisch, bis Ženka regelmäßig anfängt zu klagen, über die Arbeit, über Václav, über die Zeit, die besser sein könnte, und sie einen Grund hat, aufzustehen und abzuräumen, die jungen Leute zu verabschieden.

Moritz! ruft sie. Im Grunde wartet sie gar nicht auf den Hund. Er kann sich noch eine Weile herumtreiben. Sie hat es gern, in der Tür zu stehen, über die Straße zu spähen, die Äcker, bis zum dunstigen Wald, Gesicht, Brust und Hände in der Kälte, Rücken und Hintern in der Wärme. Paní Božena Koska, die alte Schlampe, die eine Deutschenliebste gewesen ist, eine Kollaborateurin, die nichts dazugelernt hat, wie die angeblichen Kenner ihrer Geschichte behaupten. Nichts! sagt sie sich oder denen, an die sie eben denkt. Das geht euch auch nichts an.

Es kommt darauf an, wie sie sich in die offene Haustür stellt. Hat sie die Füße weit draußen, kühlt sie rascher aus. Schiebt sie die Fersen hingegen in die Stube, fördert sie einen leisen Genuß. Sie lehnt sich gegen die Wärme, die ihr vom Rücken in den Bauch rieselt. Nimmt die Lust dabei überhand, ruft sie sich zurecht. Noch immer spielt ihr die Phantasie mit, und abgestandene Gefühle setzen sich ihr unter die Haut und treiben das Blut um.

Moritz! Er wird ohnehin nicht auf ihr Geschrei hin kommen. Vor ein paar Jahren hat sie dem vorhergegangenen Moritz gepfiffen, und ein Zahn ist ihr dabei über die Lippen geschossen. Darauf spülte sie ihren Mund mit Kamillentee, und die restlichen Zähne hat sie bis heut behalten. Das war einer der wenigen Erfolge gegen all die Mißhelligkeiten und Gemeinheiten, die sie in den Jahren erfuhr. Dabei hatte sie sich, fand sie, schon an alles gewöhnt. Was allerdings nicht dazu führte, daß sich auch ihre Umgebung, die wenigen Menschen, mit denen sie noch umging, an sie gewöhnten. Im Gegenteil. Sie kam sich in ihrer Gesellschaft immer unmöglicher vor, ganz und gar fremd. Warum, konnte sie sich nicht erklären, obwohl sie, da war sie sich sicher, die Schuld daran trug. Schuld, die sie sich geholt hatte wie eine ansteckende Krankheit, schon vor langer Zeit. Sie konnte sich kaum mehr daran erinnern, wie sie vor dieser Schuld gelebt hatte. Aber vorstellen konnte sie es sich. Das gehörte zu ihren heimlichen Vergnügen.

Moritz! ruft sie. Der Hauch bleibt wie eine Sprechblase vor ihrem Mund stehen. Sie lehnt sich gegen den Türrahmen, da eine Wade unerwartet fest wird vor Schmerz. Vorsichtig verlagert sie ihr Gewicht auf das andere Bein und hofft, der Schmerz werde mit dieser leisen Bewegung wandern. Noch gelingt es ihr, beinahe jeden Schmerz zu unterdrücken. Sie vergißt sich ganz einfach. Sie verliert sich in Gedanken und verliert dabei auch ihren geplagten Leib.

Jetzt sieht sie den Hund wie einen hin und her springenden Floh auf der grauen Linie des Horizonts. Sie muß nicht mehr nach ihm rufen. Mit Blicken läuft sie ihm entgegen. Und sie kennt jede Einzelheit, jede Erhebung, jeden Graben, die unterschiedlich hoch gewachsenen Bäume in der ersten Reihe vor dem Wald. Sie kennt die verrutschten Karos aus Grün und Braun, die sich zu jeder Tageszeit anders ausdrücken, zu jeder Jahreszeit mit einer anderen Farbe auffüllen. Sogar nachts schlägt dieses Muster durch, ein dunkles Geweb in der Schwärze.

Plötzlich wächst der Hund, dieser Bastard aus Spitz und Foxl, neben ihr aus dem Boden. Sie hat ihn aus dem Blick verloren und ihn so bald nicht erwartet. Er möchte getätschelt werden. Es fällt ihr schwer, den Rücken zu beugen. Der Hund kennt diesen einen Seufzer und hält ihn vermutlich für einen kosenden Schnalzer. Gleich wird sie, sobald sie verschnauft hat, ihn mit dem Fuß ins Haus schieben, die Tür schließen und sich wieder einsperren. Sie schaut zu Moritz hinunter, er zu ihr auf. Kannst du mir sagen, wieso deine Augen glühen, Hund, du bist doch keine Katz. Worauf er den Kopf senkt und ihrem Fuß zuvorkommt. Das bringt sie nun tatsächlich durcheinander. Was ist in dich gefahren, du Deubel?

Sie macht kein Licht. Der Hund sucht sich in der Dunkelheit seinen Platz, sie den ihren. Ihrer beider Blicke sind an Dämmer und Finsternis gewöhnt, ihre Ohren an die wenigen Geräusche. Wenn das Tier sich bewegt, schmatzt, sich kratzt, im Traum seufzt, bleibt sie ebenso ruhig wie er, wenn sie mit den Füßen scharrt, laut atmet, weil die Beklemmungen zu mächtig werden, oder wenn sie von ihrem eigenen Schnarchen mit einem knappen Röcheln aufwacht.

Die Kate, die ihr 1945 als Erbe zufiel und die sie erst vier Jahre unbewohnt am Straßenrand stehenließ oder stehenlassen mußte, weil sie an andern Orten festgehalten wurde,

faßt zwei Räume, die Wohnküche und einen Schlafver-
schlag. Das Klo wurde später angebaut; jahrelang mußte
sie ihre Notdurft in einem mehr und mehr verrottenden
Bretterhaufen am Rande des Gartens verrichten.

1949 zog sie ein, nachdem bereits ein Bauer aus der Nachbarschaft Anspruch auf das Häuschen erhoben und ihr älte-
rer Bruder, der sonst nichts mehr mit ihr zu tun haben
wollte, es doch für sie gehütet hatte. Nicht einmal in ihren
ärgsten Wachträumen hätte sie es sich ausmalen können,
daß sie hier vierzig Jahre mehr oder weniger eingesperrt
leben sollte. Sie haben sie nicht freigelassen, nicht einmal die
Nachgeborenen, denen die Geschichte weitererzählt wurde, als hätte sie noch Sinn, als hätte sie noch Leben. Längst
gelang es ihr, die sichtbaren und unsichtbaren Wärter zu täuschen. Vermutlich erwarteten sie, daß sie ausdörre, dahinsie-
che, verblöde. Es hätte auch geschehen können. Sie drückte
ihren Rücken, den sie manchmal spürte wie sperriges Holz,
manchmal wie fließenden Schmerz, gegen die hohe Lehne
des Sessels. Vielleicht haben sie es tatsächlich geschafft, sie
aus dem Leben zu stoßen, erst die unter Beneš und danach
die Roten. Immerhin ist es ihr besser ergangen als vielen, die
erst jubelnd dafür waren und denen danach aus unerfind-
lichen Gründen der Prozeß gemacht wurde. Auf Dubček
hatte sie gesetzt, das ist wahr. Nur ist er schneller von der
Bühne verschwunden, als sie sich hat aufrappeln können.

Moritz! ruft sie leise. Sie hört ihn. Er hat geschlafen,
streckt sich. Komm, Hunderl. Er weiß, was er zu tun hat.
Ohne Eile durchquert er die Küche, setzt sich neben den
Sessel, daß ihre Hand ihn streicheln kann, den Kopf, den
Nacken. Ihre Hände brauchen etwas Warmes, Lebendiges,
sonst wären sie ihr schon längst abgefallen, redet sie sich ein.

Soll ich schlafen gehen? fragt sie den Hund und sich. Sie

wäre nicht erstaunt, bekäme sie eine Antwort. Sie steht auf, geht zum Radio, das sich auf einem vom Bruder zurechtgeschnittenen, an der Wand befestigten Brett befindet, schaltet es ein. Wahrscheinlich melden sie uns ein neues Unheil, murmelt sie. Wer möchte das schon versäumen.

Der Hund begleitet sie zum Radio und zurück zum Sessel, ohne aufzuschauen. Diesen Weg kennt er. Nun legt er sich neben den Sessel, auf dem sie wieder Platz nimmt. Noch eine Stunde, sagt sie zu dem Hund. Wenn du willst, kannst du jetzt schon in deinen Korb gehen. Ich halte dich nicht auf. Ihre Hand sucht nach seinem Kopf. Ich nicht, murmelt sie. Er bleibt. Die Stimmen aus dem Radio erreichen sie nicht. Sie reden in einer Sprache, die sie nichts angeht. Seit ihr auffällt, daß sie morgens immer länger schläft, vor Anbruch des Tags in einen todnahen tiefen Schlaf fällt, hält sie sich nachts länger wach. Sie möchte dem Schlaf auf keinen Fall die Gelegenheit geben, ihr das Leben, und sei es noch so erbärmlich, vor dem Tod zu nehmen.

Wenn ihr das Kinn auf die Brust sinkt, der Schlaf sie zu übermannen droht, hebt Moritz den Kopf, drückt gegen ihre Hand, und sie wacht wieder auf. So halten sie sich wach, bis die Stunde, die sie sich auferlegt hat, um ist.

Geh schlafen, Moritz. Ich geh es auch.

Sie braucht eine Ewigkeit, bis sie sich ausgezogen, die Kleider auf dem Stuhl neben dem Bett gefaltet hat. Dann lauscht sie eine Weile auf den Hund, vermeidet es, sich selber zu hören, ihr Ächzen, ihren pfeifenden Atem.

Dobrou noc, Moritz. Wir wollen sehen, wer morgen wen weckt.

Wenn sie auf dem Rücken liegt und den Schlaf erwartet, kommt es ihr vor, als sinke die schwer werdende Stirn in den Schädel hinein und zerpresse alle Gedanken.

Das Ende (oder den Anfang) hat sie niedergeschrieben. Gleich, nachdem es geschehen war, aber schon so, als müsse sie eine wieder aufgestiegene Erinnerung unbedingt festhalten:

Herr Doktor hat sich verabschiedet, völlig überraschend. Die Kanzlei ist geschlossen. Mir wird mein Gehalt noch zwei Monate weitergezahlt. Die Frau Doktor wird sich um die Auflösung der Kanzlei kümmern. Aber die Räume sind noch gemietet für ein Jahr. Herr Doktor ist zur Wehrmacht eingezogen worden, obwohl das wegen seines kranken Herzens nicht sein darf. Sicher hat man ihn damit gestraft. Weil sich wahrscheinlich noch Klienten melden werden, hat er mich gebeten, in den nächsten Wochen regelmäßig in die Kanzlei zu gehen. Was soll ich auch anderes tun? Mit Herrn Doktor habe ich Glück gehabt. Jetzt hat es ein Ende. Heute ist der 21. Mai 1944.

In dem Heft, in das sie diese Notiz auf der ersten Seite eintrug, blieben die übrigen Seiten leer. Die Briefe, mit denen sie später ein Selbstgespräch mit dem Herrn Doktor und anderen begann, füllen ein anderes Heft.

R. H. hat sie so gut wie nie mit Namen angesprochen, sondern stets mit dem Titel, den er gar nicht hatte, aber nach ihrer Vorstellung von einem Anwalt haben mußte, wie sein Vorgänger auch. Herr Doktor folgte dem Herrn Doktor. Beiden hat sie als Sekretärin beigestanden. Dem alten Vorgänger nur für kurze Zeit. Sie war eingesprungen, als dessen Sekretärin krank wurde und sich für die kurze Frist, die er noch tätig sein würde, niemand fand. Der alte Anwalt war mit ihrer Familie bekannt. Sie ließ sich überreden, einzuspringen. Seit sie ihr Jurastudium im zweiten

Semester hatte abbrechen müssen, die tschechischen Universitäten waren vom Reichsprotektor geschlossen worden, half sie gelegentlich in der Verwaltung eines Hotels aus. Nun ordnete sie den Abschied des alten Herrn Doktor und rechnete nicht entfernt damit, auch bei dem Nachfolger eine Anstellung zu finden. Der kam mit seiner Familie aus dem Altreich. Allerdings stamme er aus Brünn, sei dort aufgewachsen, habe die ersten Semester in Prag studiert und eine seiner Schwestern sei mit einem Tschechen verheiratet. Das hat ihr der alte Doktor nicht nur zur Beruhigung erzählt. Er habe sich den jungen Mann, der seine Kanzlei übernehme, sehr genau angeschaut.

Hat er Sie besucht, hier, in der Kanzlei?

Nicht nur einmal, Fräulein Božena, ich kann doch meine Klienten nicht einem X-beliebigen ausliefern, sagte er und verbesserte sich nach einem Zögern: Überlassen, meine ich.

Wie soll sie sich ihm vorstellen? Wird er tschechisch mit ihr sprechen wie der alte Herr Doktor oder Wert legen auf deutsch? Warum sollte er überhaupt viel mit ihr sprechen wollen? Sie möchte den alten Herrn Doktor nach dem neuen Herrn Doktor ausfragen, aber sie traut sich nicht. Bis er von sich aus redet, als sei ihm ihre unausgesprochene Frage lästig geworden: Er ist Mitte Dreißig, seine Frau um ein paar Jahre jünger. Sie haben zwei Kinder. Sie werden in dem Haus am Ende der Passage wohnen, an der Wassergasse.

Ihre Familie, der sie diese Neuigkeiten weitergibt, stellt fest, daß die Welt nobel zugrunde gehe und sie überhaupt keine Aussicht habe, von dem Nachfolger angestellt zu werden.

Die Szene in dem geräumigen Wohnzimmer ändert sich kaum. Es scheint, als hätte die Familie sich seit dem Einmarsch der deutschen Truppen verabredet, sich am späten Nachmittag bis nach dem Abendessen hier aufzuhalten, rund um den großen, dunklen, auf Glanz polierten Tisch, jede und jeder die Hände auf der Platte, als sollte eine spiritistische Séance beginnen, doch der Tisch bewegt sich nicht, und manchmal wird auch das Schweigen nicht gebrochen, bis Vater aufsteht, aufbricht zur Arbeit in der Weinstube, die pro forma einem »Unbescholtenen« gehört, doch tatsächlich noch immer ihm.

Gegen die familiäre Erwartung hat sie dem jungen Herrn Doktor auf den ersten Blick gefallen. Natürlich hat sie der alte Herr Doktor empfohlen, ihre Fingerfertigkeit auf der Schreibmaschine, ihre Freundlichkeit, ihre Personenkenntnis und nicht zuletzt ihre fachliche Beschlagenheit. Das alles bewog den jungen Herrn Doktor, Božena Koska weiterzubeschäftigen. Überdies erfuhr er zu seinem Entsetzen, nachdem er ihr geraten hatte, das Studium doch wieder aufzunehmen, daß das den Tschechen nicht gestattet sei.

Weil die Klienten Božena trauten, suchten sie auch bei dem neuen Herrn Doktor Rat und Hilfe. Anfänglich schüchterte ihn die gemischte Klientel ein. Es waren in der Mehrzahl Deutsche, doch gab es noch viele Tschechen und einige Juden. Mit der Zeit könne er in Schwierigkeit geraten, gab er mehr sich als Božena zu bedenken. Sie half ihm, schon mit ihrer Freude über sein gutes Tschechisch, über alle Ängste hinweg. Immer wieder einmal würde er verzagen und sich überlegen, ob er sich auf diesen Fall einlassen solle. Immer wieder würde sie ihn überreden: Ich bitte Sie, Herr Doktor. Wer sonst kann der armen Frau aus dem Schlamassel helfen.

Es dauerte nicht lange, bis sie sich in den Herrn Doktor verliebte. Unter Umständen, die ihr selber nicht geheuer und von großem Reiz waren, denn sie entzündete sich an einem fremden Feuer. Zufällig entdeckte sie zwischen Akten einen Brief seiner Brünner Schwägerin. Keinen gewöhnlichen Verwandtenbrief, sondern eine leidenschaftliche Liebeserklärung. Sie hätte den Brief nicht lesen dürfen, doch die ersten Sätze fingen sie ein, legten sich ihr auf die Lippen. Sie redete sie nach und steckte sich an ihrer Lust an.

Verblüfft stellte sie fest, daß sie sich veränderte. So schämte sie sich gar nicht, den Herrn Doktor in Gedanken zu umarmen und zu küssen. In seiner Gegenwart allerdings verbot sie sich diese Phantasien. Sie fand auch nichts dabei, daß der Doktor seine Frau betrog. Die spielte die einzige erlaubte Rolle, und sie war in dieser Konstellation langweilig. Manchmal telefonierte Herr Doktor mit seiner Schwägerin. Božena war versucht, ihr Ohr an die verschlossene Tür zu seinem Zimmer zu legen. Sie tat es nicht, sondern dachte sich die Gespräche aus, stellte sich die Dame in Brünn vor nach der Stimme, die sie vom Telefon kannte. Es war eine sehr sinnliche, dunkel eingefärbte Stimme. Sie spürte ihren Körper und prüfte ihn an dem der Frau, den sie nachzufühlen versuchte.

Er überrascht sie, steht in der offenen Tür. Sie ist in ihre ausschweifenden Gedanken versunken. Es ist ihr nicht aufgefallen, daß er das Gespräch beendet hat. Der Atem stockt ihr, sprechen kann sie nicht. Sie fängt an zu flattern.

Fehlt Ihnen etwas?

Mehr als ein Krächzen schafft sie nicht.

Was ist denn mit Ihnen? Besorgt beugt er sich über sie.

Jetzt könnte es sein, daß sie ohnmächtig wird.

Er spricht tschechisch mit ihr, so wie auch mit der Brünnerin.

Mir ist gut, beteuert sie schließlich.

Ich brauche Sie heute nicht mehr, Fräulein Božena. Gehen Sie nach Hause.

Das ist ein falscher Vorschlag. Sie möchte, daß er sie brauche. Dennoch gibt sie dem Herrn Doktor nach, sucht fahrig ihre Sachen zusammen, räumt den Tisch auf, deckt die Schreibmaschine ab, merkt gar nicht, daß er ihr Zimmer wieder verlassen hat. Sie müßte sich noch die Lippen nachziehen. Nun läßt sie sich selber keine Zeit mehr. Na shledanou, Herr Doktor, ruft sie und wartet seine Antwort nicht ab.

Am Abend trifft sie Pavel, den sie seit der Volksschule kennt, seit vielen Jahren nicht gesehen hat, vor dem Kino in der Passage. Sie fragt ihn, wo er sich die ganze Zeit herumgetrieben hat, bekommt darauf keine Antwort und hat auch keine erwartet, und kaum hat der Film begonnen, den sie anschaut, ohne ihn zu verstehen, haben ihre Hände sich ineinander verkrallt, drückt ein Schenkel gegen den ihren. Sie bildet sich ein, es könnte der Herr Doktor sein und findet das zugleich verrückt, denn nie würde der Herr Doktor so riechen wie Pavel, nach Schweiß und ungewaschenen Kleidern.

Bis zum Ende des Films halten sie es nicht aus.

Er habe eine Stube, in der sie unterschlüpfen könnten.

Er wohnt hinter dem Schwimmbad. Sie laufen durch den Michaeler-Ausfall. Hinter jedem mächtigen Baum drückt er sich gegen sie, sie nimmt seinen Körper an wie eine Form. Dabei wird ihr ein wenig übel.

Nicht zu fest, Pavel, bittet sie.

Er hat sein Zimmer im Parterre neben der Wohnung seiner Eltern. Der Holzboden knirscht unter ihren Füßen. Sie bittet ihn, das Licht auszulassen; der Mond genüge.

Dann zieht sie sich aus und hofft, daß er keinen Umstand mache. Im Grunde wünscht sie sich, gar nicht zu sich zu kommen. Aber er zögert, hat selber Angst und tut ihr weh. Sie zerrt ihn an sich. Er fängt an, ihr eine Last zu sein. Nun kann sie sich nichts mehr vormachen, weiß, daß sie Herrn Doktor anders lieben würde, daß es überhaupt eine Liebe ist, die solche übermäßige Nähe nicht verträgt.

Mit ihren Träumen hat sie sich unbedacht und gierig in die Wirklichkeit gewagt. Aber eine solche Liebe, wie die ihre zu Herrn Doktor, verträgt Grenzübergänge nicht. Die wirklichen Bilder und die geträumten dürfen nie durcheinandergeraten. Sie wird es lernen. Sie muß es lernen.

Im Morgengrauen verläßt sie Pavel, verspricht ihm ein Wiedersehen. Sie muß aufbrechen, es könnte Alarm geben. Zwar fürchtet sie sich vor den deutschen Soldaten, die Streife gehen, aber sie will nicht neben Pavel liegen, bis es hell wird. Die Angst läuft mit ihr, spannt sie an, läßt ihren Atem und ihre Schritte unnötig laut werden. Der Mond ist verschwunden, und die sich auflösende Nacht breitet sich grau und feucht über die Stadt. Der Herr Doktor, denkt sie, wird noch schlafen, neben seiner Frau. Sie kennt die Wohnung an der Wassergasse, das riesige, düstere Vorzimmer, in dem die Kinder oft spielen. Selbst tagsüber brennt da Licht.

Die ganze Wohnung horcht, als sie das Haus betritt. In der winzigen Garderobe wartet sie einen Augenblick, mustert sich im Spiegel, streicht mit den Fingern die Haut unter ihren Augen glatt, zwinkert sich zu, auf einmal übermütig, eine junge Frau, schlank, ziemlich groß, die hennaroten Haare hochgesteckt – was können sie ihr anhaben, sie ist längst aus den Kinderschuhen, hat ihre Arbeit, kann sich leisten, was ihr paßt, zum Beispiel einen Mann lieben. Sie muß auch keinem auf die Nase binden, daß der genaugenommen eingesprungen ist für einen andern, den sie wirklich liebt und der für eine solche Liebe nicht in Frage kommt. Sie könnte ins Zimmer gehen, das sie mit ihrer Schwester teilt, und ein wenig später zum Frühstück kommen, nachdem sie sich im Bad erfrischt hat, aber sie sieht Licht in der Küche, hört Vater und Mutter sich leise unterhalten. Ich bin gleich da, sagt sie gegen die halboffene Tür, sich ankündigend, hat sie schon aufgedrückt. Guten Morgen, sagt sie und kann nichts dagegen tun, daß das Lächeln, das sie sich vornahm, in ein verlegenes Kichern umspringt.

Dobré jitro.

Guten Morgen.

Sie geht zum Herd, um sich Kaffee einzuschenken. Dabei streift sie die Stöckelschuhe ab und weiß, wie sie Mutter damit ärgert. Ihr Gezeter ist ihr lieber als ihr vorwurfsvolles Schweigen. Kannst du die Schuh nicht in der Garderobe lassen? Sie setzt sich zwischen Vater und Mutter, streicht sich ein Brot. Vor dem Fenster fängt die Gasse an zu leben. Köpfe gleiten am Fensterbrett entlang. Manche schauen herein, andere stur geradeaus. Kinder und Kleinwüchsige kommen ungesehen vorbei. Die sehr Großen zeigen sogar Hals und Schultern. Von klein auf hat sie dieses Kasperltheater vergnügt.

Wo bist du gewesen? Vater schaut sie an, eher neugierig, ohne Vorwurf.

Bei Pavel.

Haben wir den zu kennen?

Er ist mit mir auf die Volksschule gegangen, Pavel Diskočil.

Die Eltern können sich nicht erinnern. Vater ist es auch gleich.

Hast du bei ihm übernachtet? Er käme nie darauf, sie zu

fragen, ob sie bei ihm oder mit ihm geschlafen habe. Und für Mutter hört sich diese Frage schon unanständig an.

Ja. Wir sind erst miteinander im Kino gewesen; dann sind wir zu ihm gegangen. Er wohnt hinterm Schwimmbad.

Ist es dir ernst?

Was soll sie Vater antworten? Soll sie sagen: Er ist ein Vorwand, ein Ersatz. Sie nickt. Mutter schüttelt den Kopf. Vater beginnt zu rascheln mit der Serviette, der Zeitung. Boẓena zieht ihm die Serviette aus der Hand, wischt sich den Mund ab, ohne eine Spur von Lippenstift zu hinterlassen. Ich muß ins Bad, muß mich beeilen. Sie schiebt ihren Stuhl eng an den Tisch. Worauf Mutter endlich die Sprache wiederfindet: Der Herr Doktor wird nicht gerade eine Freude haben an dir, unausgeschlafen, wie du bist.

Aber ich hab geschlafen. Sie kehrt ihrer Mutter rasch den Rücken zu, denn sie möchte ihre Reaktion nicht sehen.

Der Herr Doktor merkt ihr nichts an, liest in ihrem Gesicht die Nacht und den Verrat nicht ab, diktiert, wie immer, ehe die Klienten sich melden, die Post, nicht sonderlich konzentriert, läßt seine Gedanken wandern und stolpert dabei über Wörter, die sich dieser Bewegung widersetzen. Seine großen, schwarzen Augen hinter den dicken Brillengläsern trüben sich ein. Er habe, erzählt er so unvermittelt, daß sie den ersten Satz noch in den Block schreibt, gestern eine unerquickliche Auseinandersetzung mit einem Vertreter der Reichsanwaltskammer gehabt.

Sie hat den Eindruck, als spreche er nur probeweise mit ihr.

Sie werfen mir vor, fährt er fort, ich akzeptierte, womöglich aus Geldgier, auch Klienten, die sich schon aus rassischen Gründen nicht an einen deutschen Anwalt wenden dürften. Aber sie vertrauen mir, ich habe ihr Mandat. Ist es nicht vernünftiger, ein deutscher Anwalt nimmt sich ihrer Sache an als irgendein Winkeladvokat. Ja, das habe ich gesagt. Wenn er wütend ist, wird er bleich. Manchmal drückt er die Faust gegen das Herz. Ich habe auch herausgestrichen, Anwalt aus dem Altreich zu sein, als garantiere das schon meine innere Festigkeit, und ich habe den Vorwurf, aus Geldgier zu handeln, geschluckt. Seine unterdrückte Wut ist ihr unheimlich.

Ja, sagt sie, nicht unbedingt, um ihn zu bestärken, sondern um einen Punkt zu setzen. Die eine Silbe verstört ihn. Sie hätte tschechisch sprechen sollen: Ano. Das wäre ihm nicht so zwischen die Wörter geraten.

Er preßt die Lippen zusammen; Schatten brechen durch die ohnehin dunkle Haut. In solchen Momenten rollt sich ihre Liebe ein, möchte angesprochen und gestreichelt werden. Sie wünscht, die Stille halte länger an. Das duldet er nicht. Es ist ein Elend, und es wird schlimm mit uns enden, sagt er. Aber das schreiben Sie bitte nicht, Fräulein Boˇzena. Sie hätte sich dann auch erkundigen müssen, wen er mit »uns« denn meine.

So gut wie nie verläßt sie vor ihm die Kanzlei. Selbst dann nicht, wenn er sie dazu auffordert. Auf diese Weise dehnt sie die Abende mit ihm aus. Manchmal, wenn er mit seiner Frau ins Theater geht, taucht er, in abendlichem Schwarz, kurz vor der Vorstellung nochmals in der Schulgasse auf, sucht auf seinem Schreibtisch herum, holt die vergessene Zigarettentabatière und hinterläßt eine Duftwolke von Rasierwasser und Juchten. Er kann, längst unterwegs, sie nicht aufseufzen hören. So peinigt sie die verschwiegene Lust.

Nicht immer schaut sie an solchen Abenden bei Pavel

vorbei, läßt ihn dann aber im Glauben, daß sie sich ihm vor lauter Sehnsucht nur noch wortlos überlassen kann. Geht sie, verschwitzt und erschöpft, schämt sie sich, ihn betrogen zu haben.

Die Stadt wird farbiger, der Sommer streicht die Fassaden. Es ist ein wilder und glühender Sommer. Oft bekommt sie frei, liegt nicht weit entfernt von seiner Frau auf der Wiese im Schwimmbad. Ab und zu wechseln sie ein paar Worte miteinander. Die Dame scheut sich jedoch, da sie Tschechisch kaum beherrscht. Božena wiederum legt neuerdings, seit der Niederlage der Deutschen in Stalingrad, Wert darauf, in ihrer Sprache zu bleiben. Von alleine wäre sie nicht darauf gekommen. Vater hatte befunden, da die Nachrichten immer heroischer und verlogener wurden, daß es nun an der Zeit sei, Wortwimpelchen zu zeigen – oder was meint ihr? Nur mit dem Herrn Doktor sprach sie weiter deutsch, obwohl er, war er guter Laune und hatte alle Gerichte der Umgebung vergessen, in ein besonders schwungvolles Tschechisch verfiel.

Die Menschen begannen, je näher der Krieg rückte, je häufiger es Alarm gab und die Stadt sich unter Flugzeugschwärmen duckte, merkwürdig flüchtig und abrufbar zu werden. Wer sie rief und aus welchem Grund, blieb oft rätselhaft. Jeder gewöhnte sich daran, so wenig wie möglich zu fragen. Sie fragte nicht, als Pavel sie häufig versetzte und seine Abwesenheit nicht erklärte. Sie fragte Herrn Doktor nicht, und sie hätte sich die Frage auch nie erlaubt, weshalb er so oft nach Brünn reise, weshalb er bleich und mit schweren Aktentaschen Klienten in Proßnitz besuche, warum er die Brünner Aufenthalte ausdehne, sich nicht gegen die Geschichte verwahre, seine Frau habe ein Verhältnis mit dem größten und reichsten Zuckerbäcker der Stadt. Dieser

Sommer machte sie alle zu Traumwandlern, die hastig und gierig ihr Leben aufbrauchten, um einem möglichen Tod, den keiner mehr fürchtete, nichts übrig zu lassen.

Sie spürte dem Herrn Doktor nach, gewiß aus Eifersucht, doch nicht von ihr getrieben, vielmehr um sie zu genießen. Sie stellte ihm in der Stadt nach und staunte darüber, wo überall er sich auskannte, welche Besuche er machte, obwohl sie die Adressen der meisten Klienten wußte.

Ab und zu erweckte sie während der Arbeit mit einer Geste, mit einer Bewegung seine Aufmerksamkeit. Er musterte sie länger, beteiligter, und sie glaubte in seinen Augen eine Spur von sinnlicher Neugier zu erkennen.

Sie machte sich etwas vor. Ich mach mir etwas vor, rügte sie sich. Mit vierundzwanzig Jahren sollte ich gescheit genug sein, Grenzen zu kennen, nicht meine, sondern alle die, die mir gezogen werden, eben weil ich vierundzwanzig bin, eine Tschechin mit abgebrochenem Studium, aber auch eine, die für einen Deutschen arbeitet. Auf welcher Seite der Grenze ich mich auch aufhalte, ich stehe falsch.

Ihr Vater bedrängte sie, seit Stalingrad, immer von neuem, den Posten dort zu kündigen, sie werde es sich bald nicht mehr leisten können, für einen Deutschen zu arbeiten, der, das gebe er zu, kein Tschechenfresser sei, doch sei dies egal, wenn abgerechnet werde, käme es auf solche Unterscheidungen nicht mehr an.

Abrechnen? Wozu? fragte sie und wußte alle Antworten des Vaters, die er gar nicht mehr gab. Denn er schätzte sie richtig ein. Was sollen wir uns gegenseitig peinigen? Mit solchen Sätzen pflegte er Debatten zu beenden.

An Sonntagen, nach dem Frühstück, nachdem sie der Mutter beim Abwasch geholfen hatte, floh sie die Enge. Oft, ehe sie ins Schwimmbad ging, wanderte sie durch die

Stadt, die vor ihren Augen neuerdings wuchs und noch prächtiger wurde, aber in Augenblicken auch unbewohnbar erschien.

Als sie mit diesen Umgängen begann, lief sie auf der kleinen Fußgängerbrücke über die March, zum Kloster Hradisch, das als Lazarett benutzt wurde. Als ihr Soldaten, auf Krücken humpelnd oder mit verbundenem Kopf oder mit einer weißen, steifen Halskrause nachstellten, in ihrer Begehrlichkeit mitunter handgreiflich wurden, blieb sie diesseits des Flusses, kürzte ab, gelangte ohne Umweg in den Bereich, den sie liebte, der sie aufnahm und schützte: Der Domplatz, die Domgasse hinunter zur Residenzgasse und zum Bischofsplatz. Die Paläste blieben ihr verschlossen. Aus einigen drohte auch Gefahr, denn sie wurden beansprucht von den Nazis, ihrer Partei und ihrer Polizei. Dennoch hielten sich hier selbst die Uniformierten zurück, traten oft auffällig feierlich auf.

Hier, in dem Bischofspalast, erzählte Vater früher, wenn sie an der vielfenstrigen Fassade mit den prunkenden und abweisenden Portalen vorbeikamen, hatte der achtzehnjährige Franz Joseph erfahren, daß er Kaiser geworden ist. Bei uns in Olomouc! Um diesen Anflug von Stolz zu vertuschen, fügte er regelmäßig hinzu: No, er hat ein ganzes Menschenalter regiert, mehr als sechzig Jahre, doch danach war es auch gleich aus mit der Monarchie.

In solchen Geschichten ging sie aus und ein.

Sie wünschte sich zum Beispiel, daß sie in dem Palast neben der Barbarakapelle, in dem der kleine Mozart seine Pocken ausschwitzte, ihr Liebster erwarte, ein Bursche wie Pavel, bloß ein wenig gepflegter und gebildeter, womöglich Anwalt wie der Herr Doktor, um wenige Jahre jünger als er und sehr erfolgreich.

Ihre Phantasien hatte Mutter seit je gerügt. Sie bilde sich wer weiß etwas ein und werde ihr Leben lang enttäuscht werden.

Es kann ja sein, Matka, aber gut tut es.

Gut tut es, Pavel im Arm zu halten und den Herrn Doktor zu lieben; gut tut es, die schönsten Häuser und Paläste der Stadt so zu besiedeln, daß sie überall von Freunden empfangen wird, geistvollen, im Gespräch sprühenden Damen und Herren, von denen manche noch Mozart und den Kaiser gekannt haben und überhaupt weit in der Welt herumgekommen sind; gut tut es, sich fremd zu fühlen in einem vorläufigen Glück.

Die Bäume auf dem Domplatz geben einen besonders kühlen Schatten. Unter ihnen sitzt sie auf der Bank, beobachtet die Besucher der Kirche.

Mutter hat sie das Beten gelehrt, doch in die Kirche geht sie so gut wie nie, weil Vater, natürlich aus Spaß, behauptet, in Kirchen könne man sich leicht verkühlen. Er wird andere Gründe haben, sie nicht zu besuchen.

Wird es Abend und hat sie sich im Schwimmbad noch erfrischt, beschließt sie den Spaziergang stets mit einem Blick in die Kanzlei. Der Doktor hat ihr von Anfang an einen Schlüssel anvertraut. Durch die Fronleichnamsgasse über den Juliusberg zur Schulgasse, die sich, als hätte sie auf sie gewartet, mit ihren Fassaden auf sie zudrängt, im Sommer kühlt, im Winter wärmt. Tags, wenn die Stadt lärmt, hört sie ihre Schritte nicht. Abends oder nachts hingegen läuft eine Schar von Schatten neben ihr her, alle auf Stöckelabsätzen.

Sie steigt die krachenden, knirschenden Holzstiegen hoch, pocht an die Tür, wartet eine Weile, bis sie aufschließt und flüsternd nach Herrn Doktor fragt, der sie, falls er arbeitet, im ungewissen läßt, bis sie an die Tür seines Zimmers pocht: Kommen Sie schon, Fräulein Božena, kommen Sie.

Ist er nicht anwesend, bewegt sie sich ganz gleich, und es fehlt nicht viel, daß sie sich selber hineinruft: Kommen Sie schon.

Einmal, er hatte die Kanzlei noch nicht lange übernommen und sie keine Übung in den sonntäglichen Besuchen, kam er ihr entgegen und schickte sie fort. Er habe Besuch, keinen angenehmen. Bitte, gehen Sie.

Dabei hat sie sich noch überlegt, ob sie überhaupt durch die Stadt spazieren solle; Vater hatte ihr geraten, daheim zu bleiben; er hatte geweint, davon gesprochen, verschwinden zu müssen, es für alle Fälle Karel, dem ältesten Bruder, geraten. In Prag war der Reichsprotektor Heydrich, der Teufel in der schwarzen Montur, wie ihn Vater nannte, einem Attentat zum Opfer gefallen. Nun, ein paar Wochen danach, rächten sich die Deutschen dafür, indem sie alle männlichen Bewohner von Lidice umbrachten, dem Dorf, aus dem angeblich die Attentäter stammten.

In der Stadt, auf offener Straße, sprach niemand mehr tschechisch. Es gab bloß noch Deutsche oder Stumme.

Von Herrn Doktor erfuhr sie, es habe ihn ein Abgesandter der Kreisleitung besucht, selbstverständlich sonntags, außerhalb der Bürozeit, und ihm mehr oder weniger befohlen, Tschechen nur noch als Klienten zu akzeptieren, wenn sie ordinäre Kriminelle seien oder Rat in einer zivilrechtlichen Angelegenheit benötigten. Nicht jedoch, wenn sie sich politisch strafbar gemacht hätten. Und Juden sowieso nicht mehr.

Der Herr Doktor erzählte ihr das auf tschechisch, wohl um ihr deutlich zu machen, wie ernst er diese Verbote und

Drohungen nehmen müsse. Am Schluß sagte er, nun wieder auf deutsch: Die Herren werden verschwinden. Zur Ruhe aber werden wir alle nicht mehr kommen.

Sie war nahe daran, von zu Hause, von der Familie zu erzählen; in seiner Eile ließ er es nicht dazu kommen: Ich muß Sie bitten, mögliche Klienten zu vertrösten, ich werde die nächsten drei Tage in Brünn sein.

Er kehrt ihr den Rücken zu. Sie riecht sein Parfüm, atmet es ein, spürt ihren Körper schwer werden, wie den einer andern. Warum läßt er sie gerade dann allein, wenn die Ängste sich bündeln, sie nicht mehr aus und ein weiß und sich nichts wünscht, als unter seiner dunklen, sprachlosen Liebe begraben zu liegen.

Vielleicht ist es doch nicht übel, findet Vater, daß du bei einem Deutschen arbeitest. Eine Woche darauf hat er seine Ansicht schon wieder gewechselt: Mir ist einfach nicht wohl bei dem Gedanken, daß du bei einem Deutschen beschäftigt bist.

Ich bleibe bei ihm. Sie sitzt Vater am Tisch gegenüber. Die Familie hört lauernd zu: Ich bleib bei ihm. Weil ich ihn liebe, könnte sie fortfahren, sich mit diesem Geständnis zum Gespött der Familie machen. Wahrscheinlich ahnen sie alles und spielen nur mit.

Ob du bei ihm bleiben wirst oder nicht – Vater muß das letzte Wort haben –, dafür werden andere sorgen, nicht du und nicht dein Advokat.

Er ist mit Schwung durch ihr Zimmer gegangen. Schon ruft er sie. Sonst nimmt er sich Zeit, die Post zu lesen, in der Zeitung zu blättern.

Sie sucht nach einem gespitzten Bleistift, nimmt den

Block, wirft einen Blick auf das Fenster gegenüber, das nur einen Sprung weit entfernt ist, wünscht sich hinüber, ins andere Haus, denn sie ahnt, daß diesem verfrühten Ruf eine Hiobsbotschaft folgt.

Abwartend bleibt sie in der Tür stehen.

Er schaut ihr entgegen, hebt dabei den Kopf, nimmt die Brille ab und zwinkert mit den Augen.

Ihr Körper zieht sich zusammen, so heftig verlangt es sie in diesem Augenblick nach seiner Nähe, nach einer Umarmung.

Setzen Sie sich doch, Fräulein Božena. Er zwingt sich, gelassen und überlegen zu scheinen. Diktieren werde ich nicht.

Darauf legt sie Block und Bleistift vor sich auf den Tischrand.

Er hat die Brille wieder aufgesetzt, sucht nach ihrem Blick. Ein Anflug von Lächeln sammelt sich unter seinen Augen. Er strafft sich, erhebt sich, stellt die Aktentasche auf seinen Stuhl, öffnet sie weit und beginnt ziemlich wahllos Briefe und Ordner hineinzustopfen.

Sie reden leise, immer hastiger und bisweilen durcheinander.

Ich habe den Gestellungsbefehl bekommen.

Was?

Verstehen Sie, ich bin eingezogen worden.

Aber das geht doch nicht, Herr Doktor.

Sie meinen, wegen meines Herzens?

Ja.

Ich weiß, wann ein Einspruch Sinn hat, wann nicht.

Ganz langsam steht sie nun auch auf. Der Schreibtisch trennt sie von ihm. Sie drückt ihre Schenkel gegen die Kante. Ja, das wissen Sie.

Sie bekommen Ihr Gehalt noch für zwei weitere Monate. Mehr kann ich leider nicht tun. Er schiebt ihr einen Briefumschlag zu; macht sie und sich mit dieser Geste verlegen.

Danke, flüstert sie. Und wiederholt es auf tschechisch: děkuji.

Er spricht nun tschechisch weiter, und ihr kommt es vor, als falle es ihm leichter, sich so zu verabschieden.

Betrachten wir es als Strafe, sagt er. Die Kanzlei ist offiziell geschlossen worden. Es wird keinen Nachfolger geben.

Das ist gut, sagt sie. Worauf er kurz in seiner Geschäftigkeit innehält, zum ersten Mal gelöst lächelt.

Ja, da haben Sie recht, Fräulein Božena, wenn schon, werden Sie meine Nachfolgerin sein.

Ich?

Ich habe die Räume noch für mehr als ein Jahr fest gemietet, und alles bleibt vorerst einmal hier. Deshalb möchte ich Sie bitten, ab und zu nach dem Rechten zu sehen.

Aber ja, Herr Doktor. Sie drückt sich so ungestüm gegen den Tisch, daß es schmerzt.

Es werden noch Klienten kommen, nach mir fragen. Ich muß Sie nicht bitten, freundlich mit ihnen umzugehen.

Sie schüttelt den Kopf.

Es ist gut, sagt er.

Er knöpft seine Jacke zu, schließt die Aktentasche, wirft einen prüfenden Blick über den leeren Schreibtisch, ist mit ein paar Schritten bei ihr, umarmt sie, drückt ihr dabei die dicke Tasche in den Rücken, küßt sie auf die Stirn, auf die Wangen, sie hält ihm ihren Mund hin, den läßt er aus, streicht, während er zurücktritt, ihr über die Haare: Es war eine schöne Zeit, die wir zusammen hatten, mein liebes

Fräulein Božena. Bitte – nun kehrt er ihr schon den Rücken zu – halten Sie Kontakt zu meiner Frau. Sie weiß über alles Bescheid. Na shledanou. Adieu.

Sie sieht ihm, der längst verschwunden ist, nach, redet, ohne den Mund zu öffnen, auf ihn ein, läuft um den Schreibtisch herum, ordnet, was nicht zu ordnen ist, öffnet das Fenster, schließt es gleich wieder, läßt sich in den Polstersessel an dem runden Couchtisch fallen, reibt sich mit dem Zeigefinger die Lippen heiß, erhebt sich von neuem, geht in ihr Zimmerchen, öffnet das Fenster, lehnt sich hinaus, kein Mensch geht die Gasse hinauf oder hinunter, er ist fort. Sie setzt sich, kramt in den Schubladen, findet das Schulheft, das sie vor kurzem kaufte, um ein Tagebuch zu beginnen, wozu sie sich aber für zu ungeduldig hält, lieber das erleben will, was noch nicht eingetragen ist. Jetzt schreibt sie, sorgfältig Wort für Wort wählend, als müßte es für Jahre halten: *Herr Doktor hat sich verabschiedet, völlig überraschend.*

Im Sommer 1944, erzählte Božena später – sie tat es nur ein paar Jahre, danach verschloß sie ihr Gedächtnis, und die Vergangenheit verrottete darin wie in einem Verlies –, habe es einen Himmel über der Stadt gegeben wie nie zuvor: hoch und voller bizarrer, sich schnell verändernder Wolken. Lauter Reisende, sagte sie, wie auch der Herr Doktor. Unsereiner mußte bleiben, wurde dabei ständig heimgesucht und erschreckt von solchen, die aufgebrochen und auf der Flucht waren.

Nur noch selten besuchte sie, trotz der Hitze, das Schwimmbad. Die Tschechen hielten sich mehr und mehr zurück; die Liegewiese war ausnahmslos von Deutschen besetzt. Mit der Wärme und den flüchtigen, schönen Wolkenbildern wuchs auch die Angst. Seit dem 20. Juli, dem mißlungenen Anschlag auf Hitler.

Sie zog es vor, zu Hause zu bleiben, half der Mutter in der Küche und draußen im Garten. Vater ging nicht mehr aus dem Haus, auch Karel nicht, der überraschend und ohne jede Erklärung – wenigstens für sie – heimgekommen war. Beide Männer lauschten dem im Flüsterton eingestellten Radio, tauschten mitunter sprechende Blicke, schüttelten vorwurfsvoll den Kopf, wenn Mutter oder sie ein Wort einwerfen wollten. Sie ängstigten sich nicht nur vor dem Schrecken, sie erwarteten ihn auch.

Jeden Dienstag und Donnerstag nachmittag sah sie in der Kanzlei nach, ob Post im Briefkasten war, lüftete die Räume, setzte sich an die Schreibmaschine, ohne die Haube abzunehmen, schaute zu Herrn Doktor hinein, wechselte ein paar Worte mit dem Abwesenden, bis die Sehnsucht ihr die Kehle abpreßte und sie sich kühn, den Rock über die Knie geschoben, auf der Armlehne seines Stuhls niederließ.

Wenige Tage nach dem 20. Juli bekam sie Besuch in der Kanzlei. So, wie es ihr Herr Doktor angekündigt hatte. Zuerst hörte sie die Klingel nicht, da sie offenbar nur angetippt worden war. Dann läutete es Sturm, die Ungeduld sprang förmlich über die Schwelle. Sie öffnete, wollte den Wartenden zurechtweisen; der, ein junger Mann, das blasse Gesicht voller Schweißperlen, bat, ohne sie zu Wort kommen zu lassen, hastig um Entschuldigung, drückte sich an ihr vorüber und nötigte sie auf diese Weise, die Tür rasch wieder zu schließen.

Sie führte ihn, ohne weiter nachzudenken, durch den Warteraum und ihr Vorzimmer in das Büro, und erst, als sie ihm den für Klienten reservierten Sessel anbot, wollte sie sich widerrufen, ihn bitten, lieber auf dem Sofa Platz zu nehmen, denn woanders könnte sie sich nun niederlassen, als auf dem hohen, steifen Stuhl des Herrn Doktor.

Der Herr Doktor hat die Kanzlei aufgeben müssen. Ich sorge halt dafür, daß alles in Ordnung bleibt.

Der Mann schaut sie fragend an, als habe sie in einer ihm fremden Sprache geredet. Wieso? Ich bin doch noch unlängst hier gewesen.

Sie kann sich nicht an ihn erinnern.

Er hat mich oft ins Café Rupprecht bestellt, weil ich gut Billard spielen kann. Nach einer Pause, in der er seine Hände walkt und verknotet, fügt er in einem trotzigen Sprung hinzu: Ob Sie es mir nun glauben oder nicht.

Sie wußte, daß der Herr Doktor manche Klienten mit Absicht nicht in die Kanzlei bestellte. Es gab Akten, die wie von selber entstanden waren. Nie hatte sie danach gefragt. Denn der Doktor vermied es im allgemeinen, sich über Politik zu äußern. Allerdings verschwieg er auch nie, daß dieser oder jener Klient Jude sei. Meistens nannte er sie »die Proßnitzer«.

Kommt der Herr Doktor wirklich nicht?

Sein Stuhl ist ihr zu groß, zu streng und zu hart. Sie legt die Hände auf die Lehnen, stützt sich, sucht nach einer freundlichen Erklärung, einer Ausrede, es fällt ihr nichts ein, denn sie riecht auf einmal die Angst des unerwarteten, doch von Herrn Doktor in irgendeiner Weise angesagten Gastes.

Er ist fort. Sie lauscht den drei kurzen, klagenden Worten nach, zieht den Kopf ein, und der Mann fängt an zu lachen. Sie sind komisch, Fräulein.

Jaja, ich bin komisch.

Der Mann läßt sich nicht ablenken. Mit einem Schlag ist

er wieder ernst, beugt sich über den Tisch, kommt ihr nah:
Er hat gesagt, wenn es für mich schwierig würde, ich mir
nicht mehr zu helfen wüßte, hätte er eine Adresse.

Davon weiß ich nichts.

Sie sind Tschechin, stellt er fest.

Ja, natürlich, antwortet sie.

Wieso: natürlich?

Weil es so ist.

Könnten Sie die Adresse in seinen Papieren finden?

Ich weiß nichts, sagt sie. Ich schwöre es Ihnen.

Er schaut hinüber zum Aktenregal, sein Blick springt auf
und ab: Mein Name ist František. Das hat dem Herrn
Doktor genügt für die Notizen.

Sie merkt, wie die Zuversicht aus ihm weicht, wie eine
lange und mit Mühe durchgehaltene Kraft. Und wie heißen Sie? fragt er.

Božena.

Er steht auf, zerrt an der Jacke, die für die Hitze viel zu
schwer ist. Wer weiß, in welcher Akte ich stecke. Sie müssen mich nicht hinausbegleiten. Er tritt einen Schritt auf sie
zu, ist gut um einen Kopf größer als sie, beugt sich zu ihr
wie zu einem Kind, und sie weiß, er wird sie mit Wörtern
strafen: Wenn du schon bei einem Deutschen hast unbedingt arbeiten wollen, Božena, dann müßtest du auch
wissen, warum, du kleines blödes Kalb. Na shledanou,
Fräulein Božena.

Lautlos, einem Geist gleich, verschwindet er; die Türen
schließen sich wie von selbst, leise.

Eine Woche lang spart sie die beiden Nachmittage in der
Schulgasse aus. František könnte zurückkehren, nur um
sie in ihrer Hilflosigkeit zu quälen, oder einen Vertreter
schicken, der ähnlich bös mit ihr umginge.

Viel später erst begriff sie, mit welcher Energie sie sich nach dem Abschied von Herrn Doktor in der Kanzlei eingenistet hatte. Sie ist im Grunde, selbst wenn sie sich nur zweimal in der Woche dort aufhielt, ihre Wohnung gewesen, ein Zuhause. In der Schulgasse hatte sie im Gegensatz zu daheim viel Platz, unendlich viel Zeit und lebte ungestört in der Hoffnung, daß früher oder später der Herr Doktor erscheinen werde. In Uniform, wie auf dem Foto, das er ihr geschickt hat, begleitet von einem Zettel, auf dem, ohne Anrede, geschrieben stand: »Gruß von einem Schreibstubenhelden.« Sie ließ das Bild rahmen und stellte es zuerst auf seinen Schreibtisch, dann auf ihren, denn es war ja ein Geschenk an sie.

Ein einziges Mal, kurz bevor die Kanzlei in eine Wohnung verwandelt wurde, tauchte der Herr Doktor tatsächlich auf.

Er habe für eine Woche Urlaub bekommen. Hübsch sehen Sie aus, sagt er, hält sie einen Moment an den Armen gefaßt, und seine Augen hinter den dicken Gläsern werden unwirklich groß. Hatte Ihr Haar schon immer diesen Kupferschimmer, Fräulein Božena?

Bis sie das für sie neue Wort versteht, Kupferschimmer, hat er sie schon wieder losgelassen, läuft in seinem Büro hin und her, zerrt Akten aus dem Regal, und sie hat Zeit, ungestört dem Echo seiner Bewunderung nachzulauschen.

Zum Abschied küßt er sie auf die Wangen, auf die Stirn, drei Stellen, an denen sich die Haut zusammenzieht. Sie kann sie fühlen, wann immer sie will.

Die Zeit rast, überschlägt sich, wird verrückt, reißt Menschen weg, verschlingt sie; manche fassen sich, treten nach vorn, spielen ihre Ruhe aus, wie Vater, der sich gegen den Strom stemmt, ihr kindliches Weltbild zurechtrückt mit der bitterbösen Bemerkung, fast jeder Tscheche habe, wie sie, einen guten Deutschen. Den Juden habe es nicht geholfen, daß manche Deutsche auch auf ihren guten Juden bestanden hätten. Es gebe nur noch mißratene Vergleiche, nichts sei mehr im Lot.

Pavel tauchte unerwartet auf, verschwieg, woher er kam, sie verbrachte die Nächte bei ihm, sie liebten sich heißhungrig, sprachen kaum miteinander, und irgendwann schoß ihr der Gedanke durch den Kopf, er könnte der letzte Mann sein, mit dem sie schlafe. Als Pavel erneut verschwand, so unbegründet, wie er gekommen war, fühlte sie sich frei und leer und nahm sich vor, mit ihren Gefühlen zu sparen, mehr noch, sie zu vergessen. Dabei lebte sie sich aus, ohne Erwartungen und eigentümlich verschwenderisch.

Der Herbst verschenkte mehr Farben denn je. Das große Sterben hatte schon lange begonnen. Die Stadt blieb von Fliegerangriffen verschont. Auf dem Bahnhof trafen die ersten Flüchtlingszüge aus dem Osten ein. Sie hatte helfen wollen, die Brüder redeten ihr den guten Willen aus. Nur Deutsche dürften auf dem Bahnhof tätig sein. Wahrscheinlich sollten die schlechten Nachrichten unter den Deutschen bleiben. Die Tschechen hingegen konnten Mut fassen. Sie summte die Lieder nach, die vor allem von den Deutschen inbrünstig gegen die Wirklichkeit gesungen wurden: Mamatschi, schenk mir ein Pferdchen; Ich weiß, es wird einmal ein Wunder geschehn; Ich tanze mit dir in den Himmel hinein.

Die Frau des Herrn Doktor überraschte sie mit einem Besuch, wurde von Mutter mit Kaffee und frischem Powidldatsch bewirtet, worüber Božena sich ärgerte, da sie sonst erbittert sparten und, gab es schon Kuchen, er für die ganze Woche in winzige Portionen aufgeteilt wurde, damit sich der Gaumen wenigstens an manche Genüsse erinnern konnte.

Sie habe, sagte die Frau, einen schriftlichen Befehl erhalten, die Kanzlei, und zwar sämtliche Räume, als Unterkunft für Umsiedler bereitzuhalten. Das notwendige Mobiliar, wie Betten, Spinde, Tische und Stühle, werde gestellt. Darum müßten die Zimmer schleunigst geräumt und gesäubert werden. Selbstverständlich helfe ich Ihnen, versichert sie. Aber mir wäre es lieb, Sie nehmen das in die Hand, Fräulein Božena, Sie kennen sich aus. Für die Akten habe ich bereits in der Wohnung Platz geschafft.

Sie läßt sich bewirten und sitzt trotzdem im Mantel da, im Aufbruch, genießt den Powidldatsch, sieht schön und entrückt aus mit ihrem stets ein wenig erhitzten Zigeunergesicht unter den wilden schwarzen Haaren.

Ich werde schon aufpassen, verspricht Božena und ärgert sich, über die allzu rasche Bereitwilligkeit. Sie weiß, daß sich die Frau des Herrn Doktor so gut wie nicht sehen lassen wird. Denn sie hat die Kanzlei schon endgültig aufgegeben, und das spricht sie nun auch aus: Mein Mann wird sich nach dem Krieg überlegen müssen, wo er seinen Beruf wieder aufnimmt. Sie sagt es so aufsässig und lässig, als kenne sie bereits den Termin. Nach dem Krieg.

Die Flüchtlinge halten sich nicht an die Abmachung. Sie kommen, ehe die Zimmer ausgeräumt sind; zwischen die Schreibtische und Regale drängen sich Betten; die Akten könnten, meint die Frau des Herrn Doktor, in einer Anwandlung von einem alles vergessenden Übermut, die Akten könnten in den Ecken getürmt und im Winter im Ofen verbrannt werden.

Fräulein, kommen Sie. Die Leute aus dem Warthegau brauchen nicht nur mehrere Schlüssel für die Schulgasse 1, sie brauchen auch Hilfe.

Sie bleibt, bald süchtig nach dem Chaos, dem wirbelnden, kreischenden Wirrwarr, dem Durcheinander, in das sie geraten ist. Vier Frauen, ein alter Mann und sechs Kinder suchen sich ihren Platz in der Enge, nisten sich ein, gewohnt im Unterwegs, und Božena hört ihren Geschichten zu, die ausnahmslos von Abschieden und Ankünften handeln, von aufgegebener und verlorener Habe, dem Versprechen des Führers, daß sie sich wieder irgendwo im Altreich ansiedeln können, auf unserem dritten Hof, davon sprechen sie wie von einem Luftschloß, da greifen sie zu hoch und trauen sich alles zu, weil ihnen niemand mehr in die Arme fällt und keiner mehr den Weg weist.

Jetzt sind wir erst einmal hier, sagen sie ein aufs andere Mal. Als könnten sie mit dem Satz Wurzeln treiben.

Ihre Höfe in Bessarabien hätten sie aufgeben müssen, wegen der Russen, es sei ihnen aber vom Reich Ersatz angeboten worden, im Warthegau, nur allzulang hätten sie sich dort auch nicht aufhalten können, wegen den Russen, und wahrscheinlich würden sie auch hier bald wieder aufbrechen müssen, wegen den Russen. Länder, Landschaften bauen sich in Wörtern auf, beinahe märchenhaft, und gehen gleich wieder unter.

Oft träumt Božena von den Leuten in der Kanzlei. Sie drängen sich an sie, nackt, ein sinnliches Rudel von Frauen, und sie wacht erregt und erfüllt von einer wirren, ein wenig schmerzhaften Sehnsucht auf.

Den Frauen ist es gleich, ob sie verlieren oder gewinnen. Sie richten sich, wo immer sie Zuflucht finden, nicht nur ein, sie verwandeln ihre Umgebung, durchsetzen sie mit

Leben, Wärme, rauben den Gegenständen ihren Zweck, schenken ihnen einen anderen: Aus Schreibtischen, an die Wand gerückt, werden Bühnen für Kinderspiele oder für kurze, wüste Liebesbegegnungen. Als Božena es zum ersten Mal mitbekam, wie ein Soldat, den eine der Frauen sich eingefangen hatte, es mit ihr auf dem Schreibtisch trieb, blinzelten die Weiber, die in den beiden Zimmern davor zwitscherten und schrien, die Kinder ablenkten in heftig bewegten Spielen, als wünschten sie ihr auch solch ein kurzfristiges, doch unendlich wirksames Glück.

Sie fragt sich, was der Herr Doktor zu all dem sagen würde, und verbietet sich und ihm jede Antwort.

Der schönsten der Frauen neidet sie die allem widerstehende Ruhe, sobald sie ihren Säugling an die Brust legt. Manchmal sucht sie ihre Nähe, als könnte sich der Zauber übertragen und sie für die kommende Zeit Kraft gewinnen.

Das Kind saugt heftig, schmatzt. Leg mir die Hände auf die Schultern, bittet die Frau und drückt ihren Rücken gegen die Lehne. Schau ihn dir an. Die Frau beugt ihren Kopf, berührt mit dem Mund den flaumigen Schädel des Kindes: Schau ihn dir an, ein Räuber wird er werden, ein Bandit.

Warum, fragt sie erstaunt, wie kommen Sie darauf?

Die Frau lacht: Weil ich es in der Milch hab, weil ich es weiß.

Wenn das Gelächter, das Geschrei überhandnehmen, wenn die Vielfalt der Bewegungen zu einem Strudel werden, der sie mitreißt und erhitzt, überkommt sie der Wunsch, sich dieser Schar, sobald sie aufbricht, anzuschließen und mitzuziehen in eine Zukunft, die die Frauen gierig und kühn erobern werden.

Im späten Herbst verlor die Stadt ihre Farben, das Ocker der Hauswände im Bischofsviertel verschwand unter einem schimmelgrauen Überzug, die Paläste schrumpften. Lief sie durch die Stadt, ohnehin selten, kam es ihr vor, als trauten sich die Menschen nur noch in Gruppen auf die Straße, einzelne wie sie gab es kaum.

Bevor es Winter wurde, der erste Schnee fiel, ein Schnee, der nicht enden wollte, ein undurchdringliches Tuch überm ganzen Land, ging das Gerücht durch die Stadt, daß ein deutscher Offizier erschlagen gefunden worden sei, im Michaeler-Ausfall. Sie stellte sich vor, wie er in seiner prächtigen Ausgehuniform auf einem Laubhügel lag und die Leute einen Bogen um seine Ruhe machten.

Es ist nichts als ein Gerücht, sagt Vater. Aber es sind Zeichen fürs nahende Ende. Es war nicht das einzige. Die Goldfasane, die Parteibonzen, von denen sie einige kannte, weil sie ebenfalls Klienten von Herrn Doktor gewesen waren, machten sich auf, verschwanden über Nacht, einer nach dem andern.

Das Lazarett gegenüber dem Bahnhof füllte sich mit Verwundeten, die von der sich nähernden Front in Zügen gebracht wurden.

Sie fragte sich, ob sie sich nicht zur Hilfe melden sollte. Als sie das ihrem Vater andeutete, wurde er ihr zum ersten Mal fremd. Er verspottete sie nicht nur, er machte in einem wüsten Rückblick ihre ganze Existenz verächtlich. Sie habe mit ihrem abwegigen Hang zum Besseren sich schon immer auf die Deutschen eingelassen, womit sie sich aber täuschte, denn auch ihr lieber und hochverehrter Herr Doktor sei gewiß kein besserer Mensch als er, ihr Vater, der dem Treiben hat zuschauen müssen, wie sie ihren Herrn Doktor angebetet hat, nur weil er ein paar Mal tschechisch sprach oder es sogar wagte, mit einem Juden einige Sätze zu wechseln, dieser Held, ihr Herr Doktor, nun wird es ihr heimgezahlt werden, daß sie sich mit einem Deutschen eingelassen hat, und er wird ihr dann auch nicht helfen können, darum sei es für sie wahrscheinlich nützlicher, wenn sie mit den Deutschen fliehe, nach dem Westen, ins Altreich – dort könne sie dann ihre tschechische Verwandtschaft verleugnen.

Sie hörten alle zu. Mutter, die Schwester, die beiden Brüder, die Schwägerin. Bis auf Mutter widersprach niemand. Vater hatte der Zorn vom Stuhl gerissen, er lief um den Tisch und redete auf die gebuckelten Rücken und geneigten Köpfe ein.

Als er sie aber mit den Deutschen gewissermaßen des Landes verwies, sprang ihm Mutter in den Weg: Du versündigst dich, Jozef, du redest mit deiner Tochter, mit unserem Kind, du redest sie um ihr Leben. Ich bitte dich, nimm das zurück.

Sie stehen sich gegenüber, Vater und Mutter, tauschen ihren Atem aus, ihretwegen; nacheinander schauen alle am Tisch zu ihr hin.

Božena beginnt zu weinen. Helenka rückt mit ihrem Stuhl an ihre Seite, legt ihr den Arm um ihren Nacken.

Sei nicht traurig, Božena.

Ich bin nicht traurig, ich bin es nicht.

Sie sehen, daß Vater nach einer Antwort sucht. Er braucht lange. Ehe er sie gibt, zieht er seine Frau an sich, sehr behutsam, als fürchte er, sie könne ihn von sich stoßen. Ich habe in meinem Zorn übertrieben, Božena, aber mir ist Angst vor dem, was dich erwartet. Ich zweifle, ob wir dir dann werden beistehen können.

Sie blickt zu ihm hoch, nur einen Moment, und senkt den Kopf wieder.

Sehr leise sagt er: Auch wenn du erwachsen bist, eine junge Frau, verbiete ich dir, noch einmal in die Schulgasse zu gehen. Das ist jetzt zu Ende.

Ich muß den Schlüssel zurückgeben, will sie sagen. Das sind Sätze für die Luft, für niemanden mehr. Sie hört mit dem Rücken den Vater auf sich zutreten, spürt seine Hand zwischen Haar und Hals, beugt sich ein wenig nach vorn, neigt den Kopf zur Seite, steht auf und ist mit ein paar Schritten aus dem Zimmer.

Drinnen reden sie durcheinander, gegeneinander. Sie reden über sie, doch so, als zählte sie schon nicht mehr zu ihnen.

Sie nimmt sich vor, nur noch zu schlafen, die Zeit zu verschlafen.

Helenka läßt ihr keine Ruhe, sie schlüpft zu ihr ins Bett, möchte sie trösten. Aber jedes Wort, das sie wechseln, klingt auf einmal falsch.

Ein Bote holt den Schlüssel zur Kanzlei, während sie schläft oder durch beklommene Tagträume torkelt. Mutter, die wußte, wo der Schlüssel zu finden war, sagt es ihr: Jetzt bist du alles los, mußt dich um nichts mehr kümmern.

Der Winter kriecht ihr in die Glieder, bevor er wirklich kommt.

An den Abenden, wenn sie sich alle in der Stube aufhalten, Musik aus dem Radio hören, lesen, mischt sie sich nicht in die Gespräche ein, versucht grau zu bleiben bis in die Kleider. Das gelingt ihr so gut, daß sie manchmal nach ihr fragen, obwohl sie bei ihnen sitzt. Sogar ihre Gefühle werden schattenhaft und bringen Wirklichkeit und Einbildung durcheinander.

Die Stimmen im Radio werden schrill.

Neuerdings traut sich Vater, die Nachrichten zu kommentieren oder, wie er es nennt, auf den wahren Kern zu bringen.

Olomouc ist nie eine deutsche Stadt gewesen, weiß ein Nachbar.

Soviel mir bekannt ist, antwortet Vater, waren die Deutschen bis 1918 bei weitem in der Mehrheit.

Aber nein, widerspricht ihm Karel, das ist eine Behauptung der Deutschen, eine Geschichtsfälschung.

Zum ersten Mal seit Tagen mischt sie sich ein, leise und ohne Anspruch, das Gespräch weiterführen zu wollen: Wissen wir denn immer, wer gerade die Geschichte schreibt und warum er sie so schreibt und nicht anders?

Als hätte Vater den Einwurf erwartet, antwortet er ohne nachzudenken: Ich will es dir sagen, Božena, damit du dich vorbereiten kannst auf eine andere Geschichte: Es sind immer die Sieger.

Auf die Dauer kann sie sich nicht zähmen, wird ihr das Zimmer zu eng. In Gedanken streift sie von neuem durch die Stadt und hat nur ein Ziel: die Schulgasse. Mit dem Schlüssel wurden ihr jedoch die Pflichten genommen, und womöglich sind die Bessarabier schon weitergezogen. Ihre Welt wurde von Tag zu Tag fremder; das Vertraute begann, bedrohlich zu werden.

Auf Umwegen spazierte sie zur Kanzlei; sie nahm sich Zeit. Sie schlenderte durch die Passage, pausierte in dem zimmergroßen Café, trank ein Sprudelwasser, das der Wirt mit Hilfe eines Siphons aus Leitungswasser herstellte. Es schmeckte nach nichts. Dennoch spürte sie es auf der Zunge perlen.

Vor dem Kino drängten sich Menschen. Es wurde ›Die goldene Stadt‹ gegeben, ein Film, der in Prag spielte. Zu Hause hatten sie sich, obwohl keiner den Film gesehen hatte, über ihn gestritten, vor allem Vater, der ihn ein propagandistisches Machwerk schimpfte. Er germanisiere Prag, mache seine böhmische Geschichte einfach vergessen.

Jetzt hätte sie sich um eine Karte anstellen, den Film anschauen können, die Familie beim Abendbrot mit ihrem Wissen überraschen können. Sie ließ es bleiben. Neuerdings beharrte ohnehin jeder auf dem, was er wissen wollte.

An diesem Nachmittag mündete die Passage nicht mit einem Blick auf die Mäuerchen, die die March säumten und das ausladende Amtsgericht dahinter; alles floß im Dunst, wie auf einem mißratenen Aquarell. Sie erwog nicht einmal, die wenigen Schritte in die Passage zurückzugehen, die Treppe hinaufzusteigen zur Wohnung im zweiten Stock, zu läuten. Es gab keinen Grund, seine Frau zu besuchen. Den Schlüssel hatte sie eingezogen. Ihr fiel ein, wie sie nach der bestandenen Matura mit zwei Schulfreundinnen hier entlanggelaufen war, sie sich überboten hatten mit Zukunftsplänen, und eine der beiden, Vlasta, die leicht wie eine Feder war, auf das Mäuerchen über der March sprang und waghalsig Pirouetten drehte. Von den Mädchen hat sie nichts mehr gehört.

Hier, auf der Gasse, die sich nicht zeigte, verhüllt in einem schmutzigen Dunst, tanzte plötzlich das Mädchen von damals in ihr. Sie fühlte eine Gegenbewegung, die nur mit Mühe auszuhalten war, sonst hätte sie sich gedreht und gedreht und gedreht.

Sie zog weiter, studierte ihre Stadt, die sich von Stunde zu Stunde veränderte, Risse bekam, in der sich Aufbrechende und Zweifelnde zusammenrotteten, durch die Flüchtlinge zogen und Schreckensnachrichten verbreiteten, aus deren Häusern manchmal der Lärm von Feiernden drang, von wüsten und verwüstenden Festen.

Das Bild, das sie in der Schulgasse erwartete, gehörte zu der ins Wandern geratenen Stadt. Die Haustür zum schmalen Treppenhaus stand sperrangelweit offen. Sie trat hinein, blickte hoch, auf die Trümmer eines Stuhls, einen aufgerissenen Karton, aus dem Unrat quoll.

Auch die Tür zur Kanzlei stand offen. Um in diesen verrotteten Raum zu gelangen, brauchte sie keinen Schlüssel. Nichts befand sich mehr an seinem Ort. Der große Schreibtisch von Herrn Doktor war verschwunden, wie auch sein Stuhl. Alle anderen Möbel waren entweder mutwillig zerschlagen oder beschmutzt, lagen aufeinandergetürmt in einem Meer von Akten und Papieren. Nur einen Schritt lang war sie versucht, Akten aufzuheben, dann watete sie hindurch wie durch Herbstlaub.

Ekel schüttelte sie. Die Frauen konnten das nicht angerichtet haben. Da war sie sicher.

Es fiel ihr schwer zu atmen, die Tränen schossen ihr in die Augen. Sie konnte nur hoffen, daß der Herr Doktor nie mehr, solange es Krieg gab, nach Olmütz kommen würde. Er würde erkennen müssen, daß es ganz leicht war, die Erinnerung an ihn unter einem Trümmerfeld verschwinden zu lassen.

Sie kauerte sich über ihre Schreibmaschine, die halb unter einer Schublade begraben lag. Vielleicht sollte sie als Andenken etwas aus dem Wust fischen und mitnehmen. Sie drückte vorsichtig auf die Tasten. Suchend blickte sie über die Trümmer, und wie zufällig entdeckte sie die kleine Empireuhr, die auf dem Schreibtisch des Herrn Doktor gestanden hatte. Während er diktierte, konnte sie die Uhr hören.

Auf allen vieren kroch sie über raschelnde Akten, kniete, legte ihr Ohr an die Uhr. Tickend gab sie ihr das Zeichen hinauszugehen, alles hinter sich zu lassen, diesen Augenblick aus dem Gedächtnis zu streichen, eine andere Geschichte aufzubewahren und die alte Kanzlei in der Schulgasse in Gedanken so aufzubauen, daß der Herr Doktor ohne Unterbrechung seine Arbeit wieder aufnehmen könnte.

Kommen Sie doch, Fräulein Božena, ich brauche Sie zum Diktat.

1944 ließ der Schnee erst auf sich warten; dann aber fiel er dicht und ausdauernd, schloß die Stadt mit hohen, in der Sonne gleißenden Wällen ein.

Im Stadion an der Haltschiner Straße wurde gefräst und gefegt, bis die blanke Eisfläche erschien, und solange es keinen Alarm gab, spielte sogar ab und zu eine kleine Kapelle für die Übenden und die Könner. Das Publikum hatte sich von einem Jahr zum andern gewandelt. Die meisten Kinder riefen, schrien, kreischten, jammerten nun auf tschechisch, und auch die älteren hielten sich nicht mehr zurück. Jetzt drückten sich die Deutschen häufiger an die Bande, überließen den anderen die schwungvollen Kreise und Achter.

Božena beobachtete, nahm die geringste Veränderung wahr und behielt alles für sich. Sie sah zu, wie einige halbwüchsige Jungen mit klobigen Hockeyschlägern jäh das Halbrund eroberten, mit einem Wirbel um den immer wieder verschwindenden Puck die kleinen Tänzerinnen und Läufer an den Rand drückten, lärmend ihre Kraft ausspielten, bis die deutschen Stadionaufseher auftauchten, sich mit ihren Trillerpfeifen gegen das Geschrei durchsetzten, aber die Burschen nicht mehr verjagten, wie es noch im letzten Winter geschehen wäre, sie bloß ruhig stimmten.

Stundenlang konnte sie, eingehüllt in Pullover und Mantel, auf der Tribüne sitzen, einer Tänzerin zusehen oder einem Achterartisten und aufseufzen, wenn ein Fräulein bei der Pirouette stürzte. Für ein paar Heller gab es heißes parfümiertes Wasser, das die Verkäuferin als schwarzen Tee anpries.

Sie hatte sich von Helenka Kufen geliehen, die auf ihre Schuhe paßten. Viel wagte sie nicht. Um Zusammenstößen zu entgehen, hielt sie sich meistens in der Nähe der Bande auf. Eines der Kinder aus ihrer Nachbarschaft, ein graziöser, das schwerelose Gleiten auskostender Junge, faßte sie an der Hand, zog sie erst hinter sich her, brachte sie schließlich dazu, neben ihm zu laufen, mit ihm. Sie tauschten ihre Rollen. Das Kind spielte den Erwachsenen und sie das Kind.

Bist du nicht die Božena? fragte er.

Und wie heißt du?

Vacek.

Paß auf, warnte er, der alte Mann könnte dich rempeln. Ihm fahren die Schlittschuh davon.

Sie lachte ihm zu. Du verstehst es zu führen. Sie wurden um eine Spur schneller.

Ja, das kann ich, sagte er. Irgendwann, als ihr die Beine schon müde wurden und der Atem stieß, sagte er, noch immer ohne Schwere, was sie sich wünschte: Hoffentlich hat der Winter kein Ende.

Das Glück springt um in Schrecken.

Ein Schatten stellt sich ihr in den Weg, als sie an einem späten Nachmittag, ehe die Stadt sich einschwärzt und nur der Schnee unterm steigenden Mond den Straßen und Gassen Licht spendet, in die Jiříčekgasse einschwenkt, ein vermummter Mann, der sie mit rauher, fistelnder Stimme anspricht: No, du Deutschenhure, wieso bist du nicht mit ihnen gegangen, was verpestest du noch immer unsere Gegend?

Er läuft an ihr vorbei. Die Dunkelheit schluckt ihn. Ihre Antwort will er nicht hören. Es genügt ihm, sie besudelt zu haben.

Sie wischt sich mit der Hand über den Hals, das Kinn, als klebe Speichel daran. So hat noch nie jemand mit ihr geredet.

Es dauert eine Ewigkeit, bis sie zu Hause angelangt ist. Mit jedem Schritt, der sie heimbringt, möchte sie sich auch entfernen. In mir laufe ich vor mir fort.

Von Vater erfährt sie, daß der Herr Doktor, dein verehrter Herr Doktor, so sei ihm erzählt worden, vor ein paar Tagen unerwartet erschienen sei und sich mit seiner Familie auf und davon gemacht habe; sie seien morgens zum Bahnhof gegangen, mit einer Menge Gepäck.

Und was wird aus der Wohnung?

Vater schaut an ihr vorbei: Sie werden sie zugeschlossen haben. Was weiß ich, wer sie wieder aufschließen wird.

Sie verläßt wortlos das Zimmer. In rasenden Bildern läuft hinter ihrer Stirn ein Film ab. Der Herr Doktor vor seiner Wohnungstür. Er klingelt. Seine Frau öffnet ihm oder eines der Kinder. Er stürmt durch die Wohnung. Nein, erst hat er die Frau umarmt oder die kleine Tochter. Er sagt, was mitgenommen werden darf. Sie packen, hastig, die Kinder rennen kopflos zwischen ihren Zimmern und dem Vorsaal, wo das Gepäck sich stapelt, hin und her. Sie legen ihre Puppen, ihr Spielzeug auf die Bündel, und die Mutter reißt alles weg. Das wiederholt sich. Immer schneller. So viele Puppen, so viele Holztiere. Erst auf der Straße verlangsamen sich die Bewegungen wieder. Die Frau zieht den Leiterwagen, auf dem sich das Gepäck türmt. Der Herr Doktor schiebt. Die Kinder trotten nebenher. Es ist noch kein Verkehr, die Trambahn fährt noch nicht. Ehe die Gruppe den Bahnhof erreicht, reißt der Film.

Von neuem änderte sich die Stadt. Sie wurde räudig, heulte und knurrte. Streunende Hunde nahmen die Parks und Gassen in Besitz. Häufig blieben sie in Meuten zusammen, doch manchmal schnürten sie auch wie vereinzelte Wölfe an den Fassaden entlang. Sie waren von den Flüchtenden zurückgelassen worden. Aus war's mit dem Hätscheln und Streicheln, mit Männchenmachen und Apportieren, mit Schleifchen um den Hals und der feinbestickten Decke um Rücken und Bauch. Anfänglich verhielten sich die verlassenen, ausgestoßenen Tiere eingeschüchtert, schlichen mit eingezogenem Schwanz herum, wichen den Passanten aus. Hunger und Durst weckten aber die alten Kräfte und Instinkte. Sie brachen ein, wurden zudringlich, fraßen ihren eigenen Kot, wälzten sich in verbissenen Kämpfen, die Großen hetzten die Kleinen oder machten sie sich dienstbar. Ihr Gebell wurde vorlaut, schien zur Sprache der Stadt zu werden. Wer nachts hinausmußte, was ohnehin nicht mehr ratsam war, bewaffnete sich mit Stock oder Schirm. Irgendwann, wie von den Hunden gerufen, begannen Fänger den Tieren nachzustellen. Ebenfalls nachts. Ihre Wut auf die inzwischen schlau und stadtkundig gewordenen Freiläufer entlud sich in Flüchen und Peitschenknall. Im schmutzigen, nassen Schnee waren am Morgen die Spuren ihrer Kämpfe zu lesen. Es seien, hieß es, deutsche Hunde; warum sollte man sich um sie sorgen und bekümmern.

Er machte sich nicht bemerkbar und blieb Božena doch auf der Spur. Als er ihr auffiel, hatte er sie wahrscheinlich bereits einige Tage verfolgt, aus der Entfernung beobachtet, ihren Geruch geprüft und ihn wohl als tauglich akzeptiert. Dennoch gab er seinem Hunger und seinem Wunsch, unterzuschlüpfen, sich zu wärmen, nicht gleich nach. Er näherte sich schrittweise und wich immer wieder zurück. Die Auserwählte könnte im Nu verschwinden oder ihn schlagen und verjagen. Das alles tat sie nicht. Nur achtete sie, da sie sich selbst verlassen vorkam, nicht auf andere Verlassene. Es gelang ihm, sich allmählich in ihre Nähe zu stehlen. Nach ein paar Tagen nahm er ihre Augenwinkel in Beschlag. Von der Seite her fiel er ihr auf. Nicht gerade ein prächtiges Tier, ein Köter, ein Foxl, dreifarbig gescheckt, schwarz-weiß-braun, eine Brille um die stets feucht-treuherzigen Augen, die ihn zum Clown machten: links schwarz, rechts braun. Näher hat sie ihn sich noch nicht angeschaut. Sie nimmt ihn wahr. Und sie fürchtet, daß er sie rühren könnte. Darum wehrt sie sich noch gegen seine stummen, demütigen Wünsche. Sie weiß ja, was er möchte. Er hat sie gewählt. Sie soll ihn aufnehmen. Er wird sich auf sie einstellen, mit Haut und Fell, wird ihr die Kunststücke vorführen, die er schon kann, wird sich unter den Schrank zurückziehen, wenn sie ihm grollt. Seinen deutschen Herrn beginnt er zu vergessen. Nicht ganz. Ab und zu glaubt er ihn in der Nähe, sein Geruch ist in der Luft, dann dreht er sich wie besessen um die eigene Achse, versucht sich in den Stummelschwanz zu beißen und trotzdem auf der Stelle zu bleiben, denn sie, auf die er nun scharf ist, will er auf keinen Fall aus den Augen verlieren.

Ahnt das Hündchen, was in Božena vorgeht, wie sie sich mit ihm streitet, ihr Mitleid niederkämpft, wie sie sich den

Widerstand der Eltern als Hürde einredet? Nach einigen Tagen und Nächten, in denen sich das Eis unter das Fell fraß und er erbärmlich abmagerte, wartete er vor dem Hauseingang, so, als hätten sie sich miteinander verabredet. Unterwegs hatte sie nach ihm Ausschau gehalten. Er war verschwunden. Sie nahm an, daß die Fänger ihn erwischt hatten. Daß der Verlust sie so bekümmerte, ärgerte sie.

Sie sah ihn vor der Tür, er rührte sich nicht, gab keinen Ton, war steif vor Erwartung.

Ein paar Schritte entfernt blieb sie vor ihm stehen, wunderte sich nicht mehr über den winzigen Hüpfer, den ihr Herz tat.

No?

Das genügte. Das Tier begann am ganzen mageren Leib zu beben, wurde von seinem Glück geradezu umgerissen, jaulte, machte wohl aus Verwirrung ein Männchen, setzte sich wieder und sah ihr unruhig und erwartungsvoll entgegen.

No? sagte sie noch einmal, kauerte sich neben ihn, streichelte ihm über den Schädel, spürte, wie er ihn ihr inbrünstig in die Hand drückte.

Wie heißt du, Foxl?

Seine Augen drohten aus den Höhlen zu kullern.

Übertreib es nicht, warnte sie. Hörst du auf deutsch oder auf tschechisch?

Zur Antwort jaulte er leise und spitzte die Ohren.

Du wirst dich auf Tschechisch umstellen müssen.

Er begann, ihr die Hand zu lecken; das ekelte sie ein wenig. Das laß lieber, sagte sie, richtete sich auf, was ihn alarmierte. Er drückte sich eng an ihre Beine. Wie soll ich dich rufen? fragte sie, während sie die Türschlüssel aus der Tasche kramte. Ich werd dir einen deutschen Namen geben, und weil du mich eben so komisch durch deine dicke zweifarbige Brille anschaust, auch einen komischen. Wie wär's mit – schon weiß sie, wie sie ihn rufen wird. Wie wär's mit Moritz? Das gefiel ihm. Sein Stummelschwanz rotierte. Noch blieb er wachsam. Als Božena die Tür öffnete, in den Vorraum trat, folgte er ihr nicht. Er wartete vor der Schwelle, wieder regungslos, den Kopf zu ihr gehoben.

Für einen Moment kostete sie diese Spannung aus. Komm, sagte sie dann leise. Mit einem Satz eroberte er sich seine Zuflucht.

Wie erwartet, meuterte die Familie. Noch ein Fresser mehr. Wie sie auf diesen Wahnsinn komme. Ein deutscher Köter, warum sollten sie sich seiner annehmen?

Es schien, als treffe jeder Vorwurf ihn. Er kuschte, verschwand unterm Sofa, fraß so rasch aus der Schüssel, die ihm Božena vorsetzte, daß er sich verschluckte und doch nicht erbrach. Sie sah, wie er sich selbst verschlang, nur um nicht aufzufallen, keinen Schmutz zu machen und diese Menschen nicht aufzuregen. Einer jedoch, der älteste Mensch, dessen runde Ruhe offenbar dem Hund auch behagte, hatte sich von Anfang an nicht am Streit beteiligt, sondern das Tier immer wieder freundlich gemustert.

Völlig unerwartet für Božena beugte sich ihr Vater, in seinem Lesesessel sitzend, nach vorn, schnipste mit den Fingern; der Hund zögerte, schlich in einem fragenden Mäander auf die Hand zu, die ihn rief, gab ihr, als er sie erreicht hatte, mit der Schnauze einen sanften Schubs, worauf die große, alte Hand sich um seinen Hals legte und ihn kraulte.

Ich habe ihn Moritz getauft, sagte Božena, womit sie erneut Widerspruch provozierte. Das sei ein deutscher Name, ein alberner zudem. Sie solle ihn umnennen. Er habe sich seinen Namen noch nicht gemerkt. Vater brach in den Streit ein, setzte ihm, überraschend heiter, ein Ende. Warum nicht Moritz? Du bist ein feines, lustiges Hündchen, nicht wahr, Moritz? Er sprach den Namen so fein aus, wie er das Hündchen fand – französisch: Maurice. Moritz entschloß sich, auch Maurice gelten zu lassen.

Mit dem tauenden Schnee und dem Volkssturm, der ausrückte in Stellungen vor der Stadt, lauter alte und invalide Männer, begann im Nebenhaus ein Klavier zu spielen, unermüdlich und ausnahmslos böhmische Musik, Smetana, Dvořák und Janáček. Die Sonaten, Sonatinen und Etüden wiederholten sich. Mit der Zeit hatte sich das Ohr so an sie gewöhnt, daß es verrutschte Pausen, schnelle Tempi, Patzer erschreckt wahrnahm. Das Klavier kündigte einen unerwarteten, gefährlichen Besucher an.

Božena war tagelang damit beschäftigt, Moritz an sich zu gewöhnen, ihm beizubringen, der Familie so wenig wie möglich auf die Nerven zu gehen. Dabei lauschte sie der Musik und beschäftigte sich in Gedanken mit dem Klavierspieler, der Klavierspielerin. Anfangs bildete sie sich einen jungen Mann ein, der bleich und selbstvergessen das Klavier traktierte, dann wurde er in ihrer Phantasie abgelöst von einem ältlichen Fräulein, das tatsächlich im Nachbarhaus wohnte und dem sie diese Kunst zutraute, wobei es merkwürdig blieb, daß sie vorher nie zu hören gewesen war. Vielleicht hatte sie das Klavier von Leuten, die sich davongestohlen hatten, anvertraut bekommen.

Seid leis, bat sie, Fräulein Vanjek spielt Smetana, und wird von Mutter zurechtgewiesen: Ob Fräulein Vanjek spielt, weiß ich nicht, und was du eben hörst, ist nicht von Smetana, sondern von Dvořák.

Und wer spielt?

Wenn ich es wüßte.

Wer will es auch genau wissen. Womöglich spielte das Klavier für sich weiter, was zuvor jemand auf ihm gespielt hatte.

Bald gehörte Moritz zur Familie. Wahrscheinlich hatte ihm die allgemeine Stimmung geholfen. Sie warteten. Nur wußten sie nicht genau, worauf. Auf die Niederlage der Deutschen, auf den Frieden, auf die Befreiung, auf den Sieg. Ungezählte Versionen gingen darüber um. Für Vater gab es nichts zu diskutieren. Beneš würde zurückkehren, würde die Republik ausrufen, und die Deutschen würden nichts mehr zu sagen haben. Karel widersprach ihm, er erwartete eine Umwälzung, doch welcher Art sie sein sollte, behielt er vorerst für sich.

Bis wieder einen ganzen Tag das Klavier spielte und, begleitet von einem der Walzer Dvořáks, Karel mit einem Fremden auftauchte. Er wirkte gehetzt, kränklich, zugleich so aufsässig, daß sich Božena, ohne ein Wort mit ihm gewechselt zu haben, angegriffen fühlte. Dabei gefiel er ihr, mit seinem schmalen Kopf, dem stoppeligen, beinahe grau schimmernden Haar, den auffallenden Katzenaugen.

Zu Boženas Verwunderung ist die übrige Familie auf sein Kommen vorbereitet. Sie ist ausgespart worden. Anscheinend trauen sie ihr nicht mehr. Alle nennen ihn auch ohne Vorstellung beim Namen: Ludek. Um nicht mit Vater oder Karel aneinanderzugeraten, sie nicht merken zu lassen, wie tief sie dieses Mißtrauen verletzt, zieht sie sich, ohne jede Erklärung, in ihr Zimmer zurück.

Sie setzt sich ans Fenster. Wenn sie sich nach vorn beugt, kann sie über die struppigen, brach liegenden Äcker bis zur March sehen. Aber sie lehnt sich zurück, schließt die

Augen, sieht sich durch die Stadt laufen, bis zur Schulgasse. Ängstlich sucht sie nach dem Schlüssel für die Tür. Das genügt ihr. Sie schüttelt die Bilder aus dem Kopf, steht auf, geht in dem schmalen Gang zwischen den beiden Betten hin und her. Sie hofft, daß Helenka komme und sie mit ihrem Geschwätz ablenke.

Im Wohnzimmer reden sie durcheinander. Der Fremde hält sich nicht zurück. Er ist laut, obwohl er wahrscheinlich nicht laut sein dürfte. Er spricht davon, daß die Russen schon Ostrau erreicht hätten. Lang, sagt er, lang kann es nicht mehr dauern. Aber bis dahin dürfe er sich auf der Straße nicht zeigen. General Schörner habe seine Bluthunde ausgeschickt, und die machten mit jedem, auf den sie angesetzt sind, kurzen Prozeß. Auschwitz ist befreit worden, sagt er, und die Lebenden waren von den Toten kaum zu unterscheiden.

Sie erinnert sich an Herrn Doktor, wie er sie einmal angeherrscht hatte, als sie von einem Proßnitzer sprach, der nach Theresienstadt umgesiedelt sei: Glauben Sie bloß nicht, Fräulein Božena, er kehrte je zurück.

Sie legt sich aufs Bett, streckt sich, bedeckt die Augen mit der Hand. Jetzt reden sie von ihr. Sie habe bei einem deutschen Advokaten gearbeitet. Es sei ein Unglück. Es wird sich zeigen, sagt der Vater. Es ist ein Unglück, wiederholt Mutter. Wie ist sie zu dieser Stelle gekommen? fragt der Fremde. Es hat sich so ergeben, und sie spricht gut Deutsch, erklärt Karel. Ich auch, Ludek lacht. Und wo hat sie vor dem Einmarsch gearbeitet? Sie hat studiert. Ich auch, lacht Ludek und hört nicht auf. Sie denkt: Er wird uns, so haßerfüllt, wie er ist, alle ruinieren. Mich auf alle Fälle. Sie liegt da und antwortet lachend seinem Lachen.

Die Front kommt näher; die Luft dröhnt, und die Erde

schüttelt sich. Sie ziehen in den Keller um, schlafen auf vorbereiteten Liegen. Nachts, wenn Božena wach liegt, kommt es ihr vor, das Haus schwimme auf kleinen, reißenden Wellen davon.

Im Garten hinterm Haus spricht er sie an. Er ist ihr gefolgt. Sie putzt das Karottenbeet aus, gibt vor, ihn nicht zu beachten. Je näher er ihr kommt, um so heftiger reagiert ihr Körper. Eine Gänsehaut überläuft sie; es wird ihr schwer, ruhig zu atmen.

Božena? Er fragt nicht sie, er fragt die wummernde Luft, die bebende Erde. Božena?

Ja.

Sie wissen, weshalb ich mich zu Karel und zu Ihren Eltern geflüchtet habe?

Mir hat niemand etwas gesagt.

Ich weiß.

Also, warum fragen Sie?

Was weiß ich. Er tritt dicht neben sie, auf dem schmalen Weg zwischen zwei Beeten. Um ein Gespräch mit Ihnen zu beginnen.

Worüber? Über das, was ich nicht weiß?

Über das auch. Mit einem Ruck wendet er sich ihr zu, zwingt sie, zu ihm aufzuschauen. Sagen Sie, ist Ihnen nicht angst?

Angst? Sie stemmt sich so heftig auf die Harke, daß sie sich biegt. Wovor? Vor den Russen? Vor Ihnen?

Sie haben bei einem Deutschen gearbeitet?

Ja, antwortet sie und setzt, ihn herausfordernd, nach: sehr gern.

Das sollten Sie lieber für sich behalten.

Endlich gibt ihr einer die Gelegenheit, das auszusprechen, woran sie fortwährend denkt, was sie wie einen

Rosenkranz der Entschuldigung ständig wiederholt: Was werfen Sie ihm vor? Er ist ein guter Mensch, hat vielen geholfen. Auch vielen Tschechen. Soll er dafür nun büßen? Sie schaut ihm in die Augen: oder ich?

Anscheinend ist es ihr gelungen, ihn zu treffen oder zu beunruhigen. Er erwidert ihren Blick und braucht eine Weile für seine Antwort.

Die Vögel fliegen, sobald der Kanonendonner lauter wird, regelmäßig in Schwärmen auf, kreisen und lassen sich doch erneut auf den Bäumen nieder. Sie fliegen nicht vorm Krieg fort. Sie erwarten ihn wie ein Unwetter.

Ich kann nicht voraussehen, was sie Ihnen vorwerfen werden, Božena, was mit Ihnen geschehen wird.

Sie? Sind das alle Tschechen? Und Sie auch?

Ich auch.

Sie wissen es doch besser. Meine Eltern haben Ihnen von Herrn Doktor erzählt. Sie hatten damals nichts dagegen, als ich meine Arbeit in der Kanzlei fortsetzte. Nach dem alten Herrn Doktor.

Er setzt Fuß hinter Fuß, bemüht sich, den Weg zwischen den Beeten zu verlassen, ohne auf eines zu treten. Ihre Eltern haben Angst um Sie.

Was er leise und jedes Wort gleich betonend sagt, zerreißt die Haut, mit der sie sich vor dem vorwurfsvollen Schweigen, der unmerklichen Distanzierung der Familie geschützt hat. Wie Wasser durch einen Riß im Deich schießt Schmerz ein.

Moritz? ruft sie, nicht allzu laut, um nicht die Nachbarn auf sich aufmerksam zu machen. Sie achtet zunehmend darauf, ungesehen zu bleiben, hofft, daß niemand schon vorher auf böse Gedanken kommt. Moritz! Der Hund übt sie neuerdings in Eifersucht. Sie mag es nicht, wenn er

Mutter nachschwänzelt oder Vater sich zu Füßen legt. Sie hat ihn aus seiner Not gerettet. Er hat sie zu lieben, nicht seine Gunst nach Hundelaune zu verteilen. Moritz! Reumütig, den Kopf schräg gestellt, steht er in der Küchentür. Sie geht auf ihn zu, genießt seine Freude. Als sie bei ihm angelangt ist, bückt sie sich, streichelt ihn und sagt ins Haus hinein: Vielleicht werden sie auch einen Unterschied machen zwischen tschechischen und deutschen Hunden. Mach dich darauf gefaßt. Wie deine Božena. Er streckt sich, stellt sich auf die Hinterbeine und versucht, sie am Kinn zu lecken. Das geht ihr zu weit.

Die Front rollte über sie hinweg, niemand bekam mit, ob allmählich oder in einem Sprung. Plötzlich hatte das Getöse die Himmelsrichtung gewechselt, kam nun aus dem Westen.

Kaum klirrten die ersten Panzer durch die Stadt, waren die Eltern und Geschwister nicht mehr zu halten, es drängte sie, die russischen Soldaten – auch tschechische befänden sich unter ihnen – zu begrüßen, sie in ihr Glück einzubeziehen.

Ihre Atemlosigkeit probten sie schon zuhaus. Ludek gab den Ton an: Wir sind frei, sagte er, die andern wiederholten es triumphierend, laut, leise, fragend. Die Welt stülpte sich um. Ihr wurde befohlen, sie solle das Haus auf keinen Fall verlassen, sie hätten schon ein paar Deutsche durch die Gassen gejagt und danach eingesperrt.

Seid ihr verrückt? Ich bin doch keine Deutsche.

Ludek überraschte sie, ehe er sich verabschiedete, mit seinem Ernst und seiner unmerklichen, verspäteten Zärtlichkeit: Ich bitte Sie, Božena, passen Sie auf sich auf.

Das Haus wird durchlässig. Soldaten kommen und gehen. Viele sind sehr jung, geben ihr Staunen als Verwegenheit aus, fragen und bekommen oft keine oder falsche Antworten. Sie wird zurückgedrängt in ihr Zimmer, freundlich und bestimmt, mit der Zeit entfernt sie sich von selbst, verschwindet in ihre Kammer, wenn Gäste unverhofft oder angemeldet erscheinen. Vaters Freunde lassen sich wieder sehen, Karels Freunde ebenso, und Bedřich, der jüngere Bruder, war mit seiner Frau nach Brünn gezogen. Er hatte einen wichtigen Posten in der Administration. Es habe sich ein Revolutionsausschuß gegründet, hört sie, die nationale Miliz sorge bereits für Ordnung und die Verbindung zur Roten Armee.

Die Deutschen müßten das Land verlassen, hört sie, bald, und alle, ohne Ausnahme.

Die Feierlichkeit und die Freude übertragen sich; sie möchte teilnehmen, es ist auch ihre Befreiung, es ist auch ihr Glück.

Mutter hat, um es ihr in dem engen Mädchenzimmer, wie sie die Kammer nennt, bequemer zu machen, einen kleinen Schreibtisch aus Vaters ehemaligem und jetzt wieder bezogenem Büro in der Weinstube unters Fenster geschoben. Sie könne hier ungestört lesen, studieren, warten.

Warten? Worauf? Den Tonfall ihrer Frage – počkat? a na? – nehmen die Vögel auf, die den Garten dicht besetzt halten, noch am späten Abend lärmen, ungeduldig den Sommer rufen.

Mit Pavel hat sie nicht gerechnet. Ihn hat sie verabschiedet, in den Krieg entlassen, aus dem er unmöglich zurückkehren darf. Als wolle er sie bestätigen, trägt er nun Uniform, die ihn merkwürdig entrückt. Er tritt als Figur in einem Spiel auf, das sie nicht durchschaut.

Was hast du vor, Božena?

Ich werde weiter studieren. Die Universität wird bald öffnen, behaupten sie.

Glaubst du, daß du genommen wirst?

Ich habe immerhin schon zwei Semester Jura, und das schriftlich bestätigt.

Wenn es dir hilft.

Sie weiß, worauf er anspielt. Staatspräsident Beneš, der aus England zurückgekehrt ist, hat ein Dekret über die »Bestrafung nazistischer Verbrecher, Verräter und ihrer Helfer« erlassen und dafür Volksgerichte eingesetzt. Die Deutschen tragen neuerdings weiße Binden mit einem aufgemalten schwarzen N, Němec.

Ihr bildet euch das alles ein. Sie lehnt sich gegen den Türrahmen, spürt seinen Atem im Haar. Sie schweigt; er auch. Nur eine Handbreit stehen sie auseinander. Sie wird vor Erwartung steif. Er zieht sie heftig an sich, küßt sie auf die Stirn. Für uns beide ist es zu spät, Božena, sagt er. Dann drückt er sie behutsam von sich, bittet sie, die Eltern zu grüßen, besonders Karel. Am liebsten möchte sie ihm nachlaufen, auf die Straße, ihn fragen, wer dies eigentlich festlege, ob es zu früh oder zu spät sei, ob sie falsch oder richtig gelebt habe. Sie habe keine ansteckende Krankheit, keinem Menschen etwas angetan, niemanden verraten. Aber sie bleibt wie angewurzelt in der Tür, hält sich den Mund zu, gehorcht den unausgesprochenen Weisungen, geht an den Schreibtisch, und auf einmal hört sie die Vögel wieder, als sei sie eine Zeitlang nicht nur stumm, sondern auch taub gewesen.

An diesem Tag schrieb sie ihren ersten Brief. Sie wollte ihn in das Heft eintragen, in dem bisher nur die Notiz über den

Weggang des Herrn Doktor stand. Das schien ihr aber unpassend. Mit dem Brief setzte sie fort, was er hatte abbrechen müssen. Sie fand unter ihren Heften, die sie auf der Universität benützt hatte, eines, das mit Eintragungen über das böhmische Recht begann. Die beiden Seiten trennte sie heraus. Sie schrieb, sich immer wieder unterbrechend, den Sätzen nachfragend, ihnen mißtrauend, sich ihrer schämend, und brachte am Ende doch einen Brief zustande, den sie beim Nachlesen aushielt, der ihr beinahe gefiel und der auf alle Fälle am Anfang einer Reihe von Briefen stehen konnte. Das nahm sie sich vor. Wenn sie sich den andern, nicht einmal der Familie, anvertrauen konnte, Pavel verschwunden war, mußte sie sich ihre Partner suchen. Nach allen Erfahrungen, die sie in der letzten Zeit gemacht hatte, fand sie es zuträglicher, keine Antworten zu bekommen. Sie schrieb:

Lieber Herr Doktor,
der Krieg ist aus. Wo werden Sie wohl sein, allein oder mit Ihrer Familie? Von Bekannten erfuhr ich, Sie seien im März noch einmal zurückgekehrt und hätten die Ihren geholt. Es kann sich natürlich auch um ein Gerücht handeln. Die Wohnung steht leer, wie die Kanzlei. Ich habe nachgesehen. Es könnte sein, daß inzwischen andere eingezogen sind. Die von Deutschen verlassenen Häuser und Wohnungen sind freigegeben, und die neue Verwaltung sorgt für Zuweisung. Jetzt wird Sie nichts mehr in Olmütz halten. Oder doch? Ob Sie manchmal an mich denken? Wahrscheinlich sind Sie einfach damit beschäftigt, durchzukommen, die Familie unterzubringen, fürs Nötigste zu sorgen. Ich hoffe für Sie, daß Sie freundliche Helfer fanden. Die Flüchtlinge hier haben es im Moment nicht gut. Vor allem die Deut-

schen. Es heißt, es soll sogar schon Lager geben. Aber soviel Grausamkeit kann sich nicht wiederholen. Doch eine Gerechtigkeit ist notwendig. Denk ich an Sie, lieber Herr Doktor, kommen mir die Tränen. Weil Sie ja gerecht handelten. Das kann ich beschwören.

Von mir habe ich noch nichts berichtet. Es fällt mir auch, ich gebe es zu, besonders schwer. Ständig geht mir ein Gedicht durch den Kopf, das Sie bei jeder Gelegenheit, aus Spaß und im Ernst, aufgesagt haben. Sie wissen schon. Eigentlich muß ich es nicht aufschreiben. Ich tu's trotzdem, denn ich kann es ebenfalls auswendig:

> Freundin! – sprach Columbus – traue
> Keinem Genueser mehr!
> Immer starrt er in das Blaue –
> Fernstes lockt ihn allzusehr!

> Fremdestes ist nun mir teuer!
> Genua – das sank, das schwand –
> Herz bleib kalt! Hand, halt das Steuer!
> Vor mir Meer – und Land – und Land? – – –

> Stehen fest wir auf den Füßen!
> Nimmer können wir zurück!
> Schau hinaus: von fernher grüßen
> Uns Ein Tod, Ein Ruhm, Ein Glück!

Ich höre Sie sprechen. Als Sie es zum ersten Mal rezitiert haben, fragte ich Sie, von wem die Verse seien. Sie wollten nicht mit dem Namen herausrücken. Sie glaubten, ich hätte nichts übrig für den Dichter. Und das stimmt auch. Nietzsche gehört nicht zu meinen Lieblingen in der Poesie.

Das Gedicht hat mich verfolgt. »Von fernher grüßen…«
Das geht mir heiß durch die Seele. Gleich darauf packt
mich ein kalter Schauder. Belagert wie mein Kopf momen-
tan ist, fällt mir ein, was Ihr Deutschen in Versammlungen
immer gerufen habt: Ein Volk, Ein Reich, Ein Führer. Neh-
men Sie mir, bitte, solche Verwirrungen nicht übel, lieber
Herr Doktor. Sie gehören zu meiner täglichen Erfahrung.
Soll ich Ihnen gestehen, daß ich, seit Sie fort sind, »nichts
dazu gelernt habe«, Sie heftiger und kopfloser denn je liebe?
Sie werden diesen Brief nie zu Gesicht bekommen, darum
leiste ich es mir, mich offen mit Ihnen zu unterhalten. Sie
antworten ja nicht, können sich nicht wehren.

Der Krieg ist aus, habe ich vorher geschrieben, mein lieb-
ster Herr Doktor. Damit bin ich ein wenig voreilig gewe-
sen. Für Sie womöglich nicht. Für meine beiden Brüder
nicht. Für Pavel, der Ihnen unbekannt ist, nicht. Und für
mich erst recht nicht. Ich habe, Liebster (ich sehe, ich werde
zudringlich), einem Deutschen bei der Arbeit geholfen. Ich,
als gute Tschechin, der die Deutschen das Studium unmög-
lich gemacht haben. Und nun gehöre ich zu keinem mehr.
Die Tschechen, meine Landsleute, werden mich irgend-
wann verurteilen, und der Deutsche, der mein Elend ver-
schuldet, ist aus meinem Leben verschwunden. Ach, lieb-
ster Herr Doktor, warum kommen Sie nicht durch die Lüfte
geflogen oder übers Meer gefahren, mein Columbus, und
holen mich, egal, ob mich in Ihren Armen der Tod erwartet
oder der Ruhm oder das Glück.

Ich bin Ihre Božena.

(Am 29. Juni 1945)

Der Zufall wollte es oder ein guter Geist, daß sie von niemandem gestört wurde, nicht einmal von Helenka. Sie

schrieb und hörte sich schreiben, ihren Atem und die Feder auf dem Papier. Sie lauschte ihrer inneren Stimme, die lauter oder leiser war, manchmal sehr entfernt, manchmal ihren ganzen Körper einnehmend. Jetzt, während sie hinausblickte über die Gärten und Äcker bis zur March, wäre es ihr lieber, sie säße im Wohnzimmer und hätte die lautlos gleitenden Köpfe vor sich. Sie gehörten, fand sie, in diesen Brief hinein, entfernt und bedrohlich zugleich.

Sie hätte auch gleich einen zweiten Brief schreiben können, wieder an Herrn Doktor, vielleicht auch an Pavel. Sie schlug eine frische Seite auf, doch als sie auf das blanke Papier starrte, den Füller zwischen den Fingern zwirbelte, erschien ihr eine unmittelbare Fortsetzung auf einmal unschicklich. Sie wollte den Brief an Herrn Doktor auch nicht noch einmal lesen. Er war »abgeschickt«, fort. Auf alle Fälle mußte sie dafür sorgen, daß die beiden Hefte nicht andern in die Hände fielen. Schon der Gedanke an einen indiskreten Mitwisser beunruhigte sie. Sie sah sich in dem engen Zimmer nach einem möglichen Versteck um, fand nichts, was ihr paßte, stand unschlüssig vor dem Bücherregal und schob die beiden Hefte schließlich zwischen Březina und Hašeks Schwejk. Diese Bücher kannte jeder aus der Familie; sie würden wahrscheinlich so bald nicht herausgezogen werden.

Da sich, bis auf Mutter, niemand mehr um sie kümmerte, traute sie sich allmählich unter die Menschen und in die Stadt. Der Aufruhr nach der Befreiung, dieses rasende Auf- und Durchatmen, das zugleich einem Erstickungsanfall glich, hatte sich gelegt. Dennoch bewegten sich fast alle – Zivilisten oder Uniformierte, Frauen oder Männer, selbst die Kinder – eigentümlich heftig, angriffslustig, und ihre Stimmen klangen schrill und aufsässig. Zu dem Glück, überlebt zu haben, zu dem Triumph, wieder frei zu sein, traten Gefühle einer wütenden Trauer und Rache. Sie spürte, wie diese Kräfte auf sie übersprangen, und fand es angenehm, auf Spaziergängen ihren Stolz auszuführen. Auf dem Oberring sammelten sich ständig neue Pulks von Lastwagen und Panzern. Soldaten standen in Gruppen, stießen sich ständig gegenseitig an, prahlten, rauchten, tranken; der Krieg hatte sie entlassen. Kinder umringten sie wie Spatzen, die auf Futterbrocken warteten, und sie bekamen sie zugeworfen.

Das Rathaus, dieses gewaltige, steinerne Schiff, schien alle Würde verloren zu haben und dümpelte über das aufgerissene Pflaster. Sie blieb stehen, schaute dem Theater zu, ließ sich treiben, kam manchmal Körpern und Gesichtern so nahe, daß deren Wärme sie überschwemmte, und sie erschrak. Ihre Bank auf dem Domberg hatte ein junger sowjetischer Soldat eingenommen, spielte auf einer Ziehharmonika, einige seiner Kameraden tanzten im Kreis. Wieder waren die Zuschauer ausnahmslos Kinder.

Ihre Ungeduld wuchs. Sie hatte Lust zu lernen, zu arbeiten. Alle brachen auf, begannen etwas, suchten nach der jahrelangen Lähmung nach ihrem Ort. Die Eltern begriffen ihre Unruhe; der Vater nahm sie mit in die Weinstube, stapelte Bücher vor ihr auf dem Tisch – sie solle die Einnahmen und Ausgaben der letzten Jahre errechnen, das werde von der neuen Finanzverwaltung verlangt. Sie machte sich an die Arbeit, ohne ihn nach dem Sinn dieser Aufgabe zu fragen. Damit hätte sie Vater nur gekränkt.

Viel Zeit blieb ihr nicht. An einem kalten, klaren Oktobermorgen wurde sie abgeholt. Wochenlang hatte sie es erwartet und nun nicht mehr damit gerechnet. Nur Karel hatte ihre wachsende Zuversicht nicht geteilt. Er wisse, daß sie angezeigt worden sei wegen Kollaboration, und er habe sich in diese Angelegenheit nicht einmischen dürfen.

Nun traten sie auf. Zu zweit. Die Eltern waren bereits wach. Božena wurde von Stimmen nebenan geweckt. Noch zwischen Schlafen und Wachen wußte sie, daß um sie gestritten wurde. Von der Mitte des Körpers her versteifte sie sich, weniger aus Angst, um so mehr aus einem ungenauen Ekel vor diesem fremden Eingriff in ihr Leben. Sie wurde schwer, blieb einen Moment mit angehaltenem Atem liegen. Dann richtete sie sich vorsichtig auf, um Helenka nicht zu wecken, und verließ auf Zehenspitzen das Zimmer, lief ins Bad, schloß sich ein, schaute neugierig in den Spiegel, aus dem sie sich verschlafen entgegenblickte, so unwirklich, daß sie mit dem Waschlappen immer wieder gegen Backenknochen und Stirn drückte, um sich ihrer Wirklichkeit zu versichern.

Es war nun still. Anscheinend suchte Mutter nach ihr. Sie öffnete die Badezimmertür um einen Spalt und hörte Mutter leise rufen. Ich komme gleich, antwortete sie ebenso leise, als könnte sie sich mit Mutter gegen die fordernden Stimmen verschwören und davonstehlen. Sie huschte ins Zimmer. Helenka wartete auf sie, mit aufgerissenen Augen, die Hand auf dem Mund, um einen Schrei, einen Ruf zurückzuhalten. Reg dich nicht unnötig auf, sagte sie und fing an, sich mit einer beflissenen Eile anzuziehen, die ihr zuwider war, gegen die sie aber nicht ankam. Sie hatten schon zugegriffen, ohne daß sie sie zu Gesicht bekommen hatte.

Mutter trat lautlos ins Zimmer. Ich hab dich gesucht. Bist du im Bad gewesen?

Ja.

Es ist so früh, murmelte Mutter.

Warten sie auf mich? Božena versucht an Mutter, die vor der Tür steht, vorbeizukommen, schiebt sie behutsam zur Seite, lächelt, und das Lächeln wird rund, um ihren Mund fest.

Die zwei haben beschlossen, so aufzutreten, wie ihre Vorgänger in billigen Filmen und in einer gemeinen Wirklichkeit. Sie haben ihre Mäntel nicht abgelegt, stehen, die Hände in den Taschen vergraben, den Kragen hochgeschlagen und sehen ihr erwartungsvoll entgegen.

Dobré jitro.

Sie sieht nicht die beiden Männer an, sondern Vater, der einen Schritt hinter ihnen steht, wie in eine andere, ungewohnte Perspektive geraten: klein geworden, zusammengeschnurrt vor Kummer und Ratlosigkeit.

Sie wollen mich sprechen?

Der eine tritt auf sie zu, faßt sie am Arm: Ja, aber nicht hier. Kommen Sie bitte mit.

Wohin? will sie fragen. Warum? Das festgewordene Lächeln verschließt ihr den Mund.

Niemand hindert sie daran, Vater zu umarmen. Sie drückt sich an ihn. Er riecht nach einer vergangenen Zeit. Diesen Geruch wird sie nie vergessen.

Machen Sie keine Umstände. Bitte, kommen Sie.

Sie könnte fragen, ob ein Abschied ein Umstand sei.

Die beiden Männer nehmen sie zwischen sich, der eine läßt ihren Arm nicht los.

In der frühen, kühlen Herbstsonne bekommen alle Schatten einen Körper. Das Licht trieft in den beinahe laublosen Bäumen und wird an den Stämmen zu einer festen, strahlenden Haut. Sie schließt die Augen, um mitzunehmen, was sie eben sah. Dabei merkt sie kaum, daß eine Hand sich in ihren Nacken legt und sie unvermittelt niederdrückt. Steigen Sie ein, und ein bißchen schnell! Wir haben lange genug auf Sie warten müssen. Der Mann sieht sich noch gleich. Doch seine Stimme hat sich verändert.

Sie gibt nach, knickt zusammen, entschlüpft der zwingenden Hand, rutscht auf den Rücksitz des Autos, wird von einer anderen Hand aufgefangen, die unwilliger, schmerzhafter zupackt, den Arm verrenkt.

Na, komm endlich.

Sie schaut auf die Seite. Er ist älter als die beiden anderen und trägt Uniform. Sein Mund verbirgt sich hinter einem über Kinn, Oberlippe und Wangen wuchernden weißblonden Bart. Seine hellen, grauen Augen wirken um so nackter, da die blonden Wimpern kaum sichtbar sind.

Sie sind Božena Koska?

Ja.

Also Fräulein Božena.

Ja.

Es ist ein wenig früh für ein Treffen wie das unsere, ich weiß. Aber wer kann sich seine Zeit schon aussuchen? Unsereiner nicht. Er sprach freundlich, jedes Wort schwang ihm unterm Gaumen.

Sie versuchte den Abstand zwischen sich und dem Uniformierten zu vergrößern. Er reagierte sofort, ließ es nicht zu, zog sie an sich, so daß sie seine Oberschenkel spürte. Wir haben einen langen Tag vor uns.

Mit zwei Fingern fischte er eine Zigarre aus der Brusttasche; seine Zunge kreiselte um eines ihrer Enden, flink und beweglich. Es wird Sie nicht stören, wenn ich rauche. Ihr Vater schätzt, ich weiß, ebenfalls Zigarren.

Ja.

Die Leichtigkeit, mit der sie das Haus verließ, die sie in den Morgen hineintrug, eine Leichtigkeit, die vor lauter Schrecken alle Gefühle verloren hat, ist mit einem Schlag dahin. Inzwischen fahren sie. Im Vorbeigehen schauen Leute in den Wagen hinein, zufällig, ohne größeres Interesse.

Sie stellte sich vor, daß ihre Angst Impulse aussendet, die die Passanten erreichen.

Das Licht baut die Stadt um, baut sie neu. Die Fassaden bekommen eine funkelnde Tiefe, die Fenster werden zu blendenden Spiegeln, und die drei Türme des Wenzelsdomes lösen sich vom Schiff und steigen unmerklich vor dem blauen Hintergrund in die Höhe.

Sie passieren den Bahnhofsvorplatz, fahren Richtung Hodolein. In dieser Gegend kennt sie sich nicht sonderlich gut aus. Sie schaut auf die Straße, da es nun auch der Offizier vorzieht zu schweigen. Plötzlich biegen sie in eine Kurve und befinden sich auf einem großen Hof, der umgeben ist von fabrikähnlichen Gebäuden und auf dem eng nebeneinander Militärwagen parken.

Der Uniformierte wartet, bis die beiden Jüngeren ausgestiegen sind und die Türen aufreißen. Wortlos packt sie einer, zerrt sie aus dem Wagen, so daß sie das Gleichgewicht verliert, nach vorn stürzt, doch von dem Mann hochgerissen wird, indem er ihr beinahe den Arm auskugelt. Von nun an sparen sie offenbar mit jeglicher Höflichkeit.

Als der Uniformierte aus dem Wagen steigt, hört er nicht auf zu wachsen. Er überragt sie sicher um mehr als zwei Köpfe. Bringt sie ins Büro, weist er die beiden Männer an und nickt Boženo zu: bis bald. Sie werden sich noch etwas gedulden müssen.

Nicht in ein Büro wird sie gebracht, sondern in ein Vorzimmer, in dem sie sich auf den einzigen Stuhl setzen darf und allein gelassen wird. Sie bleibt nicht allein. Unaufhörlich kommen Leute durch das Zimmer. Manche werfen ihr einen Blick zu. Für andere ist sie nicht vorhanden. Sie wird gemustert, übersehen, geprüft. Sie ist ausgesetzt und soll sich nicht fassen, nicht beruhigen können. Sie müht sich, auf nichts zu achten. Das schafft sie nicht.

Es ärgert sie, daß sie in der Eile die Uhr auf dem Nachttisch liegenließ. Die Hast, mit der die Leute das Zimmer durchqueren, ihrem Warten einen aufgeregten Rhythmus verleihen, zerrt an ihr und reißt sie aus der Zeit. Eben ist es noch früher Morgen gewesen, gleich wird es Abend sein.

Einmal, da ist ihre Aufmerksamkeit schon ins Schweben geraten, wird ein Mann durchs Zimmer geführt oder getrieben, mit dem sie deutsch sprechen. Das hat sie lange nicht mehr gehört. Als gäben die Schädelwände ein Echo, fängt sie mit sich an, deutsch zu reden.

Irgendeinen, der vorbeikommt, wird sie fragen, wie lange sie noch warten müsse. Sie wird es doch nicht tun, wird es unterlassen, denn sie wissen nichts oder behalten ihr Wissen für sich, oder sie müssen ihr Wissen für sich behalten.

Warum, fragt sie sich, durch alle Gedanken, die ihr kreuz und quer durch den Kopf schießen, übermütig geworden, warum stehe ich nicht auf, schließe mich jemandem an, der eben durchkommt und mich ohnehin nicht beachtet, suche den Ausgang und verlasse das Haus. Zum ersten Mal an diesem nicht endenden Tag kommen ihr die Tränen. Allmählich hat sie Durst und Hunger. Sie möchte mit jemandem reden. Sie wünscht sich, daß Vater sie einfach hole. Was stellen sie mit dir an, Božena.

Božena Koska?

Das Licht brennt. Vor dem Zimmer ist es Nacht geworden. In der Tür, ihr gegenüber, steht ein kleiner, fetter Mann in Uniform.

Ja. Sie erhebt sich, rührt sich aber nicht von der Stelle.

Kommen Sie.

Er macht auf dem Absatz kehrt. Sie zögert, worauf er über die Schulter schaut und ihr aufmunternd zunickt.

Sie folgt ihm in einem verwirrenden Kreuz und Quer, durch Gänge, ihren Blick an seinen Rücken geheftet, über den die Uniformjacke sich in Falten spannt. Als er anhält, rennt sie beinahe in ihn hinein. Sie entschuldigt sich. Ohne ihre Verwirrung zur Kenntnis zu nehmen, weist er in einen Raum, erwartet, daß sie hineingeht. Sie preßt sich an den Türrahmen und ist ganz schnell an ihm vorbei.

Sie sieht nichts. Ein weißes Licht blendet sie, macht sie blind. Sie kehrt sich von dem Licht ab, schließt die Augen, öffnet sie wieder. Die Tür ist geschlossen. Der kleine Offizier ist verschwunden. Mit dem Rücken zum Licht, zu einem Unsichtbaren, der sich hinter dem Licht verbirgt, holt sie tief Atem und merkt, wie ihr Körper bebt. Im Deutschen, denkt sie und findet es verrückt, daß sie es denkt, gibt es eine Redewendung: Zittern wie Espenlaub. Doch sie hat keine Ahnung, wie eine Espe aussieht.

Hinter ihrem Rücken rührt sich nichts. Sie zieht die Schulter nach vorn, macht einen Buckel und wartet. Nur sich hört sie atmen, niemanden sonst. Vielleicht sitzt gar keiner hinter dem Licht. Vielleicht haben sie sich den Spaß gemacht, sie zu täuschen, mit dem Licht allein zu lassen, und lauern, bis sie unruhig wird, durchdreht, von sich aus anfängt zu reden.

Sie beginnt auf der Stelle zu gehen, damit nicht auffällt, wie sehr sie zittert, und es kommt ihr vor, als bewege sich der Boden unter ihr. Die Stimme in ihrem Kopf klingt immer kindlicher. Jetzt wird sie laut und sagt vorwurfsvoll: Ich möchte aufs Klo. Erschrocken horcht sie sich nach. Bitte, fügt sie hinzu.

Das hätte Ihnen etwas früher einfallen können.

Immerhin hat sie es geschafft, den Mann hinter dem Licht zum Sprechen zu bringen.

Ja, sagt sie. Warum soll sie bei einer solchen Bagatelle widersprechen.

Die Tür springt von selber auf. Beeilen Sie sich.

Eine Frau nimmt sie in Empfang, begleitet sie, wartet vor der Toilette, klopft nach kürzester Zeit. Sie hält ihr Gesicht unter den Wasserhahn, wäscht sich die Hände, fährt sich mit nassen kalten Händen unter den Rock, kühlt die Schenkel.

Der Mann hat das Licht gelöscht, ist sichtbar geworden.

Ich bin Major Sedláček. Sie sollen wissen, mit wem Sie es zu tun haben, Fräulein Koska.

Er fordert sie auf, sich auf den Stuhl vor dem Schreibtisch zu setzen, und fragt: Wie heißen Sie?

Aber Sie haben mich doch eben mit meinem Namen angesprochen.

Das tut nichts zur Sache. Wir fangen ganz von vorn an. Ich will Sie kennenlernen. Also sagen Sie mir bitte Ihren Namen.

Božena Koska.

Wo und wann geboren?

In Olomouc. Am 12. Juli 1920.

Während sie antwortet, mustert sie ihn. Auf einem sehnigen langen Hals sitzt ein runder, beinahe feister Kopf, der komisch wirkt durch große, dünnhäutige und abstehende Ohren. Unter dünnen, geraden Augenbrauen stecken kleine, wachsame Augen von einer undefinierbaren Farbe im Fett.

Sie sind bei Ihren Eltern aufgewachsen?

Ja.

Sprechen Sie zuhaus tschechisch oder deutsch?

Die Frage verblüfft sie. Selbstverständlich tschechisch.

Selbstverständlich?

Seine Ignoranz erzürnt sie, obwohl sie weiß, daß er sie spielt.

Meine Mutter kann kaum Deutsch.

Und Ihr Vater?

Der schon besser.

Und Sie? Warum sprechen Sie deutsch wie eine Deutsche?

Ich habe es gelernt, vor allem für mein Studium.

Hitler vorausahnend und das Protektorat? In die Frage hinein schießt das Licht, fährt ihr in die Augen, die sie mit den Händen zu schützen versucht, was er ihr nicht erlaubt. Jemand muß sich hinter ihr im Zimmer aufgehalten haben, ohne sich zu regen, lautlos, jetzt werden ihr die Hände von den Augen gezogen. Es hilft wenig, daß sie sie schließt, das Licht drückt wütend gegen die Lider.

Entschuldigen Sie, ich habe Ihre Frage vergessen.

Mit Absicht?

Aber nein. Sie öffnet die Augen zu winzigen Schlitzen. Das Licht scheint weniger grell zu sein. Vielleicht täuscht sie sich auch und hat sich bereits ein wenig daran gewöhnt. Ohne daß es auffällt, versucht sie ihren Körper zu entspannen.

Ich fragte Sie, Fräulein Božena, ob Sie vorausahnend oder vorsorglich Deutsch gelernt haben, um den Nazis besser dienen zu können.

Nein, nein! Mein Professor hat es mir geraten. Wir haben schließlich auch das deutsche Recht studieren müssen.

Das Recht der Nazis.

Wie soll sie ihm erklären, daß niemand 1938 so dachte, obwohl ununterbrochen über Hitler geredet wurde, über Henlein, der die Sudetendeutschen aufhetzte, über einen möglichen Krieg auch. Wie soll sie ihm klarmachen, daß es ein altes böhmisches Recht in deutscher Sprache gibt.

Warum schweigen Sie? Was geht Ihnen durch den Kopf?

Ich habe auch Deutsch gelernt, weil ich Bücher von Rilke oder Goethe oder Thomas Mann im Original lesen wollte.

Die Intensität seiner Wut scheint das Licht zu beeinflussen. Nun verschärft es sich und springt ihr wieder in die Augen.

Sagen Sie mir, mit welchen Nazibonzen hat er sich getroffen?

Wer?

Spielen Sie mir nicht die Naive. Ich habe Sie nach den Freunden Ihres deutschen Advokaten gefragt.

Das waren Klienten. Sie preßt den Rücken gegen die Lehne, spürt, wie das Unterhemd an der Haut klebt. Vielleicht hatte er unter seinen Klienten Freunde; das kann ich nicht sagen.

Sie sieht ihn nicht mehr. Der weiße Kegel schließt sie ein, eine Glocke, die, so scheint es, ihren Kopf vom Körper löst. Die Gedanken verschwinden, werden leicht, der Körper um so schwerer.

Hat er für die Nazis gearbeitet?

Ja. Auch.

Also ist er ein Nazi gewesen?

Nein. Gewiß nicht. Das kann ich beschwören.

Was regen Sie sich so auf, Fräulein. Beruhigen Sie sich. Ich habe gar keinen Zweifel, daß Ihr Advokat ein Nazi gewesen ist.

Nein. Das war er nicht. Mit Mühe und einem gewissen Schwindelgefühl bleibt sie bei sich. Der Herr Doktor ist kein Nazi gewesen. Er hat Tschechen vertreten und Juden.

Tschechen? Wissen Sie, weshalb sie ihn aufgesucht haben?

Ich müßte nachdenken.

Dazu will ich Sie bringen, Fräulein. Nur gelingt es mir nicht.

Hinter dem Licht hat er sich erhoben. Sein massiger Oberkörper zeichnet sich dunkel über dem Lichtkreis ab.

Aber – sie zögert, möchte ebenfalls aufstehen, um ihn zu sehen, sein Gesicht, seine Augen, doch sie bleibt geduckt sitzen, zieht es vor, ihn nicht unnötig zu provozieren – aber, sagt sie, Wort für Wort betonend und schon mit einem schwebenden Kopf, aber die Nazis haben seine Kanzlei doch geschlossen, und er wurde in die Wehrmacht eingezogen, obwohl er schwer herzkrank ist. Ich bitte Sie, Herr Major.

Ohne daß es ihr auffällt, ist er aus dem Lichtkreis verschwunden. Er spricht im Gehen, spricht hinter ihrem Rücken, manchmal ist er kurz wieder an der Lampe zu sehen, ein Schatten, der ihr mit wechselnder Stimme zusetzt:

Der Kreisleiter hat ihn besucht. Das werden Sie doch nicht abstreiten wollen?

Das stimmt. Er ist einige Male in die Kanzlei gekommen.

Haben Sie die Gespräche protokolliert?

Nein. Ich bin nie dabeigewesen.

Könnte es nicht sein, daß Ihr feiner Herr Advokat in diesen geheimen Unterhaltungen Auskunft gegeben hat über seine tschechischen Klienten?

Sie unterdrückt ihre Wut, läßt sich Zeit, legt die Hände wieder vor die Augen, nur einen Moment, denn sie fürchtet das erneute Eingreifen des stummen Zuhörers in ihrem Rücken.

Ich kann beschwören, daß der Herr Doktor niemals einen seiner Klienten verraten hat.

Sie schwören auffällig oft, Fräulein, wenn es um Ihren Herrn Doktor geht.

Er nimmt wieder Platz, blendet das Licht ab. Wenn er sich Zeit läßt, beginnen ihre Gedanken zu jagen. Er beobachtet sie, stößt mit einem Bleistift gegen seine Zähne. Das gibt ein widerwärtiges, sie angreifendes Geräusch. Sie hat das Gefühl, daß sie beide sich an einer Grenze bewegen. Er könnte sie schlagen, wenn sie ihn darum bäte, das ekelhafte Spiel mit dem Bleistift bleiben zu lassen. Sie schaut ihn an. Es fällt ihr nicht schwer, seinen Blick zu erwidern. Der ist gleichmütig und leer wie der einer Echse. Sie ahnt, daß dieses Verhör mit der nächsten Frage, die er noch aufspart, deren Wirkung er im voraus genießt, eine Wendung nehmen wird. Und sie ärgert sich über ihren lauten Atem.

Waren Sie die Geliebte Ihres Herrn Advokaten?

Mit einem solchen Einbruch in ihre Phantasie, die sie vor jedem geschützt glaubte, hat sie nicht gerechnet. Es wäre ihr lieber, er würde sie wieder mit dem weißen Licht blenden. Jetzt starrt er sie an und zieht sie aus.

Waren Sie seine Geliebte? Seine Stimme bekommt einen warmen Grund von Verständnis und Mitwisserschaft. Na? Waren Sie seine Geliebte?

Nein. Sie schüttelt den Kopf und hofft, er entdeckt nicht den Wunsch in ihren Augen. Nein, wiederholt sie.

Können Sie auch das beschwören? Seine Stimme trieft von Hohn.

Ja.

Sie sind also keine Deutschenhure, keine Nazinutte? Er explodiert von innen heraus, schießt hoch, seine Arme entfalten einen krampfähnlichen Wirbel, schlägt um sich, schlägt Schatten, springt um den Tisch, reißt sie an den Haaren hoch, sie gibt blitzschnell nach, schreit auf, er packt sie an den Schultern, dreht sie herum, wirft sie dem bärtigen Offizier zu, der anscheinend die ganze Zeit lautlos hinter ihrem Rücken gelauscht hat, der wiederum packt sie mit der Linken so fest am Arm, daß der Schmerz über die Schulter bis in den Hals strahlt, grüßt mit der Rechten den andern, stößt sie vor sich her zur Tür.

Glauben Sie nicht, daß wir mit Ihnen zu Ende sind, Fräulein.

Auf dem Flur läßt der Bärtige sie los, erklärt, als habe man sich gerade von einer heiteren Gesellschaft entfernt, er bedaure es sehr, sie nicht nach Hause begleiten zu können.

Sie stolpert, schaut nicht um sich. Es ist tiefe Nacht, nur wenige Menschen sind unterwegs, sie fürchtet, von einer Streife aufgegriffen und womöglich zurückgebracht zu werden. Mit der Zeit gewöhnen sich ihre lichtkranken Augen an die Finsternis; sie kann schützende Nischen suchen. Sie braucht lang, bis sie zu Hause ist. Klingeln muß sie nicht. Moritz hat auf der Lauer gelegen, bellt das Haus zusammen, bellt die Nachbarn wach, bis sie ihn an sich preßt, ihre Jacke um seine Schnauze wickelt, heult und endlich zittern darf, ohne daß jemand ihre Schwäche ausnützt.

Was haben sie mit dir angestellt? Mutter zieht sie in die Küche.

Ich habe Hunger, stammelt sie. Ich habe nichts zu essen bekommen, nichts zu trinken. Den ganzen Tag nicht.

Das ist kaum zu glauben. Iß langsam, schling das Brot nicht hinunter. Mutter hat den Arm um ihre Schultern gelegt. Das hat sie seit Jahren nicht mehr getan.

Sie haben gesagt, ich sei eine Nazinutte.

Die Eltern schweigen, lauschen dem nach, was sie sagt. In ihrem Schweigen scheint sich der Satz endlos zu wiederholen.

Geh schlafen, Božena, schlaf dich aus. Zu zweit geleiten sie sie in das Mädchenzimmer, in dem Helenka wach in ihrem Bett sitzt, sie erwartet.

Laß sie in Frieden Helenka. Vater streicht Božena übers Haar, geht hinaus. Im Dunkeln hilft Mutter ihr beim Ausziehen. Dann wartet sie, bis sie im Bett liegt, sich zugedeckt hat.

Dobrou noc, Božena.

Zwei Tage darauf, nachdem sie traumlos wie eine Hülse, aus der die Erinnerung sich verflüchtigte, länger als zwölf Stunden geschlafen hat, schreibt sie ihren zweiten Brief an Herrn Doktor und einen ersten Brief an den Major.

Lieber Herr Doktor,
nein, ich bin Ihnen nicht böse. Mir müßte ich böse sein. Aber auch das stimmt nicht. Denn ich bin Ihnen doch böse. Sicher können Sie sich gar nicht vorstellen, wie meine Leute – hören Sie, ich sage: meine Leute – mit mir umgehen. Das nur, weil ich Sie kannte, für Sie gearbeitet habe. Wegen einer Selbstverständlichkeit. Aber es gibt nichts Selbstverständliches mehr. Alles steht Kopf. Stellen Sie sich vor: Ich wurde abgeholt, von Polizei oder Militär (mit den neuen Uniformen kenne ich

mich noch nicht so gut aus) und einen Tag und eine halbe Nacht verhört. Nach all meinen Geheimnissen wurde ich ausgefragt. Die weiß ich selber nicht, so geheim sind sie. Die Soldaten haben mir nicht weh getan, mich nur ein paarmal grob angefaßt. Trotzdem haben sie mich gequält. Meine Ängste kann ich Ihnen nicht schildern, lieber Herr Doktor. Wissen Sie, was die mir einreden wollten? Daß ich Ihre Geliebte gewesen sei. Ich dumme Kuh habe es abgestritten. Obwohl mir nichts lieber gewesen wäre. Doch, ich bin Ihnen böse. Sie haben sich mit Ihrer Familie auf und davon gemacht. Und ich werde von meinen eigenen Leuten verfolgt. Obwohl ich nicht einmal Ihre Liebste gewesen bin. Und Sie wiederum sind ganz einfach ein Nazi, obwohl Sie keiner gewesen waren. Eben weil es jetzt nicht einen Deutschen geben darf, der kein Nazi gewesen ist. So einfach sieht unsere Welt aus, wenn sie Kopf steht. Als ich begann, Recht zu studieren, erschrak ich, wie kompliziert die Beziehungen zwischen Menschen sind. Wofür es alles Gesetze braucht, damit wir zu dem kommen, was wir haben wollen oder die Hände davon lassen. Jesusmaria, blieben wir doch ewig Kinder. Liebster Herr Doktor. In Gedanken bin ich Ihre Liebste, und wenn die Polizisten mich noch einmal holen und plagen, werde ich ihnen gestehen, was ich nicht gewesen bin, damit die Idioten es mir endlich glauben: Ihre Geliebte.

Ich weiß, ich rede ein bissel verrückt. Helenka liegt hinter mir auf ihrem Bett. Es ist Abend. Es kann sein, daß ich danach zu ihr schlupfen werde. Ich, die große Schwester, brauche Trost und Stärkung. Malen Sie sich alle Ängste aus, die ein Mensch haben kann, mein allerliebster Herr Doktor, dann sind Sie mir nah. Spüren Sie meine Umarmung?

Ihr Espenlaub Božena

(Geschrieben am 18. Oktober 1945)

Sie haben mir nachgerufen, Herr Major, daß Sie mit mir noch nicht zu Ende seien. Sie hetzen die Angst hinter mir her. Und mein Hund, mein Moritz, ist zu sanft und zu feige, um die Angst vorm Haus zu stellen und davonzujagen. Darum bleibt sie mir im Nacken.

Was ich Ihnen sagen wollte, wollten Sie nicht hören. Ich hole es für mich nach. Ich schreibe Ihnen, Herr Major, wie meinem Liebsten, dem Herrn Doktor, und das ist eine große Ehre für Sie.

Was ich Ihnen sagen wollte, sind schlichte Einsichten: Wir beide sind Tschechen, Herr Major, wir beide sind glücklich, befreit worden zu sein. Wir beide hoffen, in einer freien tschechischen Republik leben zu können. Doch wir haben verschiedene Interessen. Sie tragen Uniform. Ich keine. Sie waren womöglich im Exil. Ich bin es nicht gewesen. Wir beide sind froh, daß die Nazis besiegt sind, die Deutschen keine Macht mehr haben. Nur frage ich mich, ob deswegen alle Deutschen unser Land verlassen müssen. Viele von ihnen sind hier geboren. Sie werden mir mit Recht widersprechen. Die Deutschen haben die Juden, die hier geboren wurden, gar nicht erst davongejagt, sie haben sie in Konzentrationslagern umgebracht. Mein Vater hat mich ähnlich zurechtgewiesen, Herr Major. Die Zeit verwirrt mich. Der Sieg über Hitler ist unser Glück. Wie komme ich dazu, mich unglücklich zu fühlen.

Ich stelle lauter unerlaubte Fragen, Herr Major, und während ich sie stelle, überkommt mich eine brennende Wut auf Sie und auf mich. Sie haben meine Rolle als Nazinutte festgelegt. Für mich bleiben Sie der verhörende Offizier, ein Polizist, einer, der verfolgt. Wie gut, daß Sie diesen Brief nie zu lesen bekommen. Es gelingt mir nicht, mit meinen Ängsten zurechtzukommen, Herr Major. Ich bin eine

Nazinutte. Ich habe mich unsterblich in einen deutschen
Advokaten verliebt. Das ist es. Sie werden mir nie zuhören.
Sie oder ein anderer werden mich immer nur verhören.
                              (Geschrieben am 18. Oktober 1945)

Keiner fragte nach ihr, niemand holte sie ab. Sie wartete in
den Winter hinein, suchte Arbeit, half weiter in Vaters Weinstube aus, der oft Mühe hatte, seine Gäste mit Bier zu ver-
sorgen, geschweige denn mit Wein. Sie schmiedeten lauter
halbherzige Pläne. Vater riet, sie solle nach Prerau gehen, zu
Mutters Verwandten, dort könne sie unterschlüpfen, bei
Bauern arbeiten, bis über die Sache Gras gewachsen sei. Mutter wollte sie durchfüttern, bis die Vernunft wieder einge-
kehrt sei, und Karel, der ihr ausdrücklich seine brüderliche
Liebe erklärte, wollte sie am liebsten aussiedeln, sie solle sich
als Deutsche erklären, verschwinden aus der Stadt, aus dem
Gedächtnis, und später könnte sie zurückkommen und
wäre endlich aus dem Gerede. Nur Helenka dachte sich
nichts aus, half ihr, diesen ersten Friedenswinter, in dem der
Krieg weiter seine Opfer holte, zu überstehen, wärmte das
gemeinsame Zimmer mit Gelüsten und Hoffnungen, mit der
Erzählung von wechselnden Schwärmereien. Stell dir ein
Orakel, forderte sie Božena auf, spring sieben Mal hin und
zurück auf einem Dielenbrett, ohne die Ritzen zu berühren,
und wenn du es schaffst, wird alles vergessen sein und rasch
gut. Aber sie schaffte es nicht, trat schon beim ersten Sprung
auf einem Bein daneben und erzürnte Helenka, die der
Zukunft eine Freundlichkeit ablisten wollte.

Als Präsident Beneš beinahe schon ein Jahr regierte, die von
den Deutschen verlassenen Wohnungen und Häuser wie-

der von Leben erfüllt waren und der Narodný víbor, die nationale Miliz, ihre Aufgabe, die Deutschen aus dem Land zu treiben, erfüllt hatte, als die tschechischen und sowjetischen Kommunisten einander immer dringlicher Brüderschaft bezeugten, wurde Kollaborateuren erneut und verstärkt Aufmerksamkeit geschenkt.

Ausgerechnet Pavel machte ihr klar, daß sie nicht darauf setzen könne, im Schutz des Elternhauses zu überdauern und davonzukommen. Ein Pavel, der es verstanden hatte, mit der Zeit zu gehen. Wenn sie an ihn dachte, dann abends vor dem Einschlafen, wobei sie einer vorbeihuschenden Lust nachgab. Pavel gehörte für sie der Nacht an. Nichts verband ihn in ihrer Erinnerung mit dem Tag.

Nun brauchte er die Helligkeit, um sich vorzuführen und aufzutrumpfen. Er trug Uniform, gehörte dem Narodný víbor an, keineswegs als einfacher Soldat, sondern als Leutnant. Eine Belohnung für seine subversive Tätigkeit während des Naziregimes.

Sie redeten stockend und stolpernd miteinander, als trauten sie der Sprache, die sie in den Nächten gefunden hatten, nicht mehr und müßten sich in einer neuen versuchen.

Seit wann bist du Soldat, Pavel?

Sie standen einander gegenüber an dem verwitterten Gartentisch, umgeben von frisch zum Trocknen aufgehängter Wäsche, wie in einem Flickerlzelt.

Schon lang.

So lang kann es auch nicht sein.

Doch schon lang.

Aber es ist noch gar nicht so lang her, daß wir uns gesehen haben. Da trugst du noch Zivil.

Das ist schon lang her.

Wie man es nimmt.

Da hast du recht, Božena. Wie man es nimmt.

Die Nachmittagssonne streute schräg übers Dach ihre Strahlen und blendete Božena. Sie trat etwas zurück, in den Schatten, unter den Holunderbusch. Er beugte sich nach vorn, um ihr Gesicht sehen zu können.

Machst du dir keine Gedanken über deine Zukunft?

Das ist doch klar, Pavel. Was für eine Frage.

In dem Moment schoß Moritz aus dem Gestrüpp, mit hängender Zunge und warf sich ihr vor die Füße. Sie streifte die Sandale ab und kraulte ihm mit dem nackten Fuß den Rücken. Dabei ließ sie Pavel nicht aus den Augen, wobei die wippenden Schatten der Blätter ihren Blick schützten.

Du bist verhört worden?

Ja.

Es wird nicht das letzte Mal gewesen sein.

Du mußt es ja wissen.

Was wirfst du mir vor?

Nichts, Pavel. Sie drückte Moritz so heftig mit dem Fuß, daß er aufjaulte. Er blieb liegen und hielt ihre Wut, die ihm nicht galt, aus.

Es geht mir um dich, Božena.

Sie zog sich noch tiefer unter die springenden Schatten zurück, lauschte auf die Geräusche im Garten, im Haus. Auf der Straße gab es Streit, das war nicht selten.

Es ist vorbei, Pavel, sagte sie. Erinnerst du dich noch, wie wir zum ersten Mal zu dir gingen, nachts? Ich sehe uns beide als Kinder. Das Glück war uns nicht erlaubt. Damals nicht, Pavel, und heute erst recht nicht. Ich bin eine Kollaborateurin und du ein Leutnant, der über meine Zukunft gebietet.

Du redest Blödsinn, Božena.

Sie lachte, setzte sich, holte sich den unwilligen Moritz auf den Schoß. Neuerdings bleibt mir nichts anderes mehr übrig. Jedes Wort wird auf die Waagschale gelegt, gewogen und für falsch befunden. Also red ich Blödsinn. Da weiß ich das Gewicht.

In einem Zug trank er sein Wasserglas leer, zog sich die Uniformjacke straff und wartete, daß sie ihn verabschiede.

Sie blieb sitzen, sprach ruhig weiter. Dabei fuhr sie mechanisch mit der Hand über den Rücken von Moritz.

Es ändert sich so viel und so schnell, Pavel. Immerfort erstaunen mich Bekannte oder Verwandte mit Überzeugungen, die sie schon immer hatten, die sie aber, um sich nicht zu gefährden, hätten verschweigen müssen. Ich rede so umständlich, weil es mir schwerfällt, das zu glauben. Doch ich muß es, Pavel. Denn gerade diese Leute werfen mir vor, eine falsche Überzeugung zu haben. Sogar mein Bruder Karel ist davon überzeugt. Diese schlechte Gesinnung soll mir nun ausgetrieben werden. Nur hat das, was ihr in mir oder mit mir bekämpft, mit Gesinnung oder Überzeugung, mit Politik überhaupt nichts zu tun. Ihr gebt euch gar nicht erst die Mühe, mich zu verstehen. Nein, ihr demonstriert an der Verfolgung solcher armen Wesen wie mich eure politische Festigkeit. Also – sie ließ Moritz laufen, trat mit ein paar Schritten aus dem Schatten, blieb so nah vor Pavel stehen, daß er sie entweder zurückstoßen oder umarmen mußte.

Er ließ die Arme hängen, drehte sich unmerklich zur Seite. Das war eine Verteidigungsrede, Božena, auf die dein Herr Doktor stolz gewesen wäre.

Sie hatte gefürchtet, nicht an ihm vorbeizukommen,

ohne daß er sie in die Arme nehme. Jetzt machte er es ihr leicht.

Adieu, Pavel.

Sie schaute sich nicht um. Er antwortete ihr nicht. Sie schaffte es gerade noch, die Küchentür hinter sich zuzuziehen, bevor sie anfing zu schluchzen.

Mutter fragte, einige Tage nach Pavels Besuch, als Božena vorzeitig von der Arbeit in Vaters Büro heimkam, ob sie mit Pavel Schluß gemacht habe, und brachte sie in Verlegenheit, denn darauf ließ sich keine eindeutige Antwort geben. Wenn Pavel ihr an einem Abend über den Weg liefe und sie, ohne viel zu reden, mit ihm schlafen könnte, würde sie nicht zögern. Noch immer war ihre flüchtige Beziehung von dem Anfang bestimmt, der alle Hoffnung auf einmal aufbrauchte.

Wahrscheinlich, antwortete sie, es steht so viel zwischen uns.

Sie lebte so, als sei ihr das von höherem Ort nur bedingt gestattet. Sie gab sich Mühe, nicht aufzufallen, mischte sich sogar zu Hause selten in Streitgespräche, kümmerte sich wenig um die politischen Aufregungen, übte sich, nur noch in ihren Träumen zu lieben, las viel, entdeckte die Kirchen in der Stadt, entwickelte eine besondere Vorliebe für Sankt Mauritius, in deren große, tönende Halle sie sich hin und wieder zurückzog und, ohne darin je angeleitet worden zu sein, betete, nicht zu den Heiligen auf den Altären, auch nicht zu Christus oder Maria, sondern zu einem unfaßbaren, vielleicht alles wissenden und zufällig auch hilfreichen Weltgeist, den sie notgedrungen mit Gott anredete.

Im Sommer 1947 wurde sie ein zweites Mal verhört. Alles geschah weniger theatralisch und entsprach der Unauffälligkeit, in die sie sich geschickt hatte. Die Vorladung brachte ein Bote. Sie gaben ihr eine Woche Zeit, Fragen und Antworten zu üben, die Angst zu dressieren, so demütig zu werden, wie sie es von einer Kollaborateurin erwarteten. Niemand aus der Familie wagte es, sie aufzumuntern, ihr zu raten. Sie schwiegen sich gemeinsam aus, weiter entsetzt über die »alte Geschichte«, die sie sich und ihnen angetan hatte.

Sie verließ frühzeitig das Haus, sparte in der Stadt nicht eine der vertrauten Stationen aus, auch nicht die Wassergasse, die Schulgasse. Es war sehr heiß. Sie kam vor der Zeit an, traute sich jedoch nicht zwischen den Hallen und Schuppen, die alle von Militär und Polizei besetzt waren, herumzuspazieren. Vor dem Eingang zu dem Bau, den sie schon kannte, wartete sie, bis sie sich selbst die Erlaubnis erteilte, hineinzugehen, sich bei dem Wachsoldaten zu melden und ihre Vorladung zu zeigen. Der wies sie in einen Warteraum neben der Wache, und zum ersten Mal traf sie auf Leidensgenossen.

Mehrere Männer und eine ältere Frau saßen in Abständen an der Wand aufgereiht und erwiderten ihren Gruß nicht. Sie schienen darauf bedacht zu sein, sich gegenseitig nicht wahrzunehmen, ihr Unglück für sich zu behalten. Die graue Verbissenheit ergriff sie, sie steuerte mit gesenktem Blick auf einen freien Stuhl zu. Mit der Zeit begannen die Stille und der leise Atem der Wartenden sich zu einem Rauschen zu vereinen, das ihre wirren, springenden Gedanken einebnete und mitnahm. Sie geriet in eine Art Trance, wie die andern auch.

Selbst die Soldaten, die sie abriefen, nannten mit gesenkter Stimme den jeweiligen Namen. Sie kam bald an die Reihe. Nur zögernd und grußlos löste sie sich aus dieser stummen Gemeinschaft.

Den Offizier, der sie erwartete, ihr den Platz vorm Licht anbot, kannte sie nicht. Von Anfang an schlug er einen kühlen, doch nicht vorwurfsvollen Ton an. Offenbar nahm er sie und ihren Fall nicht sonderlich wichtig. Nachdem er sie nach ihrer Arbeit gefragt hatte, ob sie weiter vorhabe, bei den Eltern zu bleiben, kam er zum Wesentlichen: Sie habe, sagte er, nachdem die Palacký-Universität neu gegründet worden sei, bei den Juristen angefragt, ob sie sich zur Fortsetzung ihres in Brünn begonnenen Studiums anmelden könne. Und dies, obwohl sie schon vor längerer Zeit abschlägig beschieden worden sei.

Jaja, sie weiß. Ihre geheuchelte Beflissenheit war nach seinem Geschmack.

Und warum haben Sie es dann noch einmal versucht?

Sie sagte: Ich dachte, vielleicht geht es doch.

Nun wissen Sie Bescheid. Womit der Offizier das Gespräch beendete.

Ermutigt von dem zivilen Ton gab sie ihrer Neugier nach: Das letzte Mal habe ich mit Herrn Major Sedlaček gesprochen.

Sedlaček? Der Offizier betrachtete die Krakel auf seiner Schreibvorlage und fuhr mit dem kleinen Finger einer Linie nach.

Ja. Sedlaček.

Einen Major mit diesem Namen hat es hier nie gegeben.

Aber er hat sich mir vorgestellt.

Er wird sich einen Spaß mit Ihnen gemacht haben, Fräulein. Mit einer auffordernden Armbewegung entließ er sie. In den nächsten Tagen bekommen Sie den Ukas zur Arbeit.

Ich arbeite schon.

Ja, sehr bequem. Bei Ihrem Vater. Wir sorgen dafür, daß Sie fürs Gemeinwohl arbeiten werden.

Dieses Mal ist hellichter Tag und nicht Nacht. Sie hat inzwischen gelernt, den Schrecken nicht vorauszunehmen. Er kommt, wenn er kommt.

Er kommt, noch ehe sie in die Kasernen am Stadtrand befohlen wird. Helenka schleppt ihn auf den Armen. Einen leblosen Ball. Sie haben ihn gefunden, nicht weit vom Haus entfernt, am Rand der Straße. Sie habe schon von ferne erkannt, daß es nur Moritz sein könne.

Bitte, Božena, bitte. Helenka bettet das leblose Tier auf der Schwelle. Er ist erschlagen worden. Auf dem Rücken hat man ihm mit Lack ein Hakenkreuz aufgemalt.

Helenka umfaßt sie, hält sie fest.

Laß mich los.

Vorsichtig gibt die Schwester sie frei, bleibt auf der Hut.

Sie kauert sich neben den Kadaver hin, fährt mit der Hand über den Rücken, quer übers Hakenkreuz. Moritz. Mit einer trotzigen Kindergeste wischt sie sich die Tränen aus dem Gesicht.

Sie warten, bis Vater kommt. Er betrachtet lange, mit reglosem Gesicht, den Kadaver, sagt kein Wort, holt den Spaten, beginnt neben dem Schuppen ein Loch zu graben, mitten in der Rosenrabatte, hebt Moritz auf, trägt ihn zu seinem Grab, kniet hin und bettet das tote Tier in der Grube. Nun richtet er sich auf, lacht: Wenn ich ein Hundegebet wüßte, eines für den Hundehimmel, für dich würd ich's sprechen. Schlaf, Moritz, fährt er, kaum hörbar, fort.

Nie mehr in ihrem Leben wolle sie einen Hund, sagt sie.

Zu viert sitzen sie abends in der Nähe von Moritzens Grab um den Gartentisch. Vater hat aus seinem Vorrat einen alten Sliwowitz »für die Nacht« gebracht. Sie reden nicht viel; manchmal werden Stimmen rundum in den Gärten laut, freundliche, vertraute Stimmen, und sie verraten nicht, ob der oder jener zu solch einer Tat fähig ist.

Zielstrebig trinken sie in kleinen Schlucken. Gleich wirst du einen Rausch haben, warnt Mutter, und Vater prostet ihr zu: Solang es dir guttut, Božena. Er hilft ihr auch auf die Beine, durch die Wohnung und ins Bett.

Einige Wochen später überrascht er sie mit einem fiependen, schwarzen Zausel, dessen Augen um Schutz betteln. Sie will ihn schelten, fällt sich aber selber ins Wort, fängt das Knäuel auf, drückt es an die Brust: Ich danke dir, Vater, sagt sie, und ohne nachzudenken redet sie das Hündchen an: Hast du Durst, Moritz, hast du Hunger?

Womit sie Nummer zwei akzeptiert hatte, dieses Mal eine etwas veränderte Melange, mehr Spitz als Foxl.

Moritz konnte sie natürlich nicht zu ihrer neuen Arbeit, mit der sie gestraft werden sollte, begleiten, obwohl er gewiß nicht störte.

Empfangen wurde sie am ersten Arbeitstag von einem uniformierten Aufseher, einem Kapo, der in ihren Papieren nachschlug, ob sie es auch tatsächlich sei, und sie dann einer Gruppe zuteilte, die in der ehemaligen Kaserne, die zuvor Schule gewesen war und wieder Schule werden sollte, Unrat, zerschlagene Möbel zu entfernen und die Räume zu säubern hatte.

Einige Fenster waren eingeschlagen. Es zog, ein kühler Herbstwind half beim Fegen. Sie waren fünf in ihrer Gruppe, drei Frauen und zwei Männer. Der Kapo stellte sie einander mit Vornamen vor. Das genügte. Warum sie sich zu dieser Arbeit trafen, blieb unausgesprochen. Wahrscheinlich hatten sie alle sich in irgendeiner Weise mit Deutschen eingelassen.

Božena wurde in den ersten Tagen aus der offenkundig schon eingespielten Gemeinsamkeit ausgespart. Es war ihr gleichgültig. Sie gab sich keine Mühe, die fünf Stimmen auseinanderzuhalten.

Es waren Wochen vergangen, als eine der älteren Frauen unvorhergesehen durchdrehte, mit dem Besen um sich schlug, schreiend einem unsichtbaren Gericht versicherte, sich überhaupt keiner Schuld bewußt zu sein. Sie hatte sich an die Wand gelehnt, stieß sich immer von neuem ab und ließ sich zurückfallen. Eine der Frauen hatte sich neben sie geschoben und versuchte sie zu beruhigen. Reg dich nicht auf, Vlasta, wenn die Aufsicht dich hört, gibt es bloß Ärger. Womöglich mußt du dann weg von uns.

Ich hab als Dienstmädchen zu den Deutschen gehen müssen. Ich bin bestellt worden. Wie jetzt wieder.

Das wissen wir doch, sagte einer der Männer.

Sie standen in einem engen Halbkreis schützend um sie herum. Zum ersten Mal fühlte sich Božena nicht ausgeschlossen. Die Frau beruhigte sich allmählich. Sie würden ihre Geschichte für sich behalten.

Als sie mit den vier Stockwerken fertig waren, wurden sie in den nächsten Block geschickt. Dort sollten sie die Böden in Ordnung bringen und die Wände waschen. Da es der Frost aber nicht zuließ, wurden sie in die Kasernenküche gebracht, wuschen Berge von Geschirr ab und schälten in den Pausen zwischen den Mahlzeiten und dem Abwasch Kartoffeln, putzten Rüben. Manchmal begann eine zu singen, und andere stimmten ein. Božena kannte die meisten Lieder, sang aber nicht mit. Ihr kam diese Munterkeit widersinnig vor.

Der nahende Frühling entläßt sie aus der Küche in die Kaserne. Moritz hat sich zu einem schwarzen Spitz mit einem Foxlkopf ausgewachsen. Karel, der neuerdings mit einer Lehrerin aus Preßburg zusammenlebt, hat sich endgültig für das Militär entschieden und erschreckt die Eltern mit dem Bekenntnis, der kommunistischen Partei beigetreten zu sein.

Ob er das unbedingt für nötig halte, fragt Vater; mehr nicht. Karel hat erst unlängst erzählt, seine besten Freunde schlössen sich den Kommunisten an, was Vater, der seit je dem Präsidenten Beneš anhängt, nicht vermag. Sie mischt sich nicht ein. Sie weiß es besser. Sie hat in der Küche zugehört. Dort wurde Klement Gottwald, der kommunistische Ministerpräsident, gegen Staatspräsident Beneš ausgespielt. Er sei ein schwacher, alter Mann. Vater hingegen betrachtet ihn als den einzigen wahren Nachfolger des ersten Präsidenten, Masaryk, und er hofft, daß dessen Sohn Jan, der Außenminister, einmal das Amt von Beneš übernehmen werde. Solche Vorstellungen tut Karel mit dem Urteil ab, es sei die marode Politik der älteren Generation, die auch Hacha, den Präsidenten von Hitlers Gnaden, nicht verhindert habe.

Solchen Gesprächen weicht sie aus: Komm, Moritz, wir gehen an die March. Das schlechte Gewissen folgt ihr, Vater, die Eltern allein zu lassen mit ihrer Vergangenheit, die auf absurde Weise auch ein wenig die ihre ist.

Brav, Hunderl, brav. Der zweite Moritz lernt rascher als sein Vorgänger. Die kleinen Kunststücke, die Vater ihm beibringt, zeigt er ohne Aufforderung, anfallsartig.

Die Arbeit in den Häusern verrichtet sie in einer Art Warteraum. Entweder wird ein erneuter Befehl sie erlösen, oder – das fürchtet sie – sie wird mit ihrer Gruppe einfach vergessen, und niemand getraut sich, fortzubleiben, denn die Kontrolleure werden zwar ausgetauscht, sind aber stets zugegen.

Einem der beiden Männer, Vladimír, schließt sie sich etwas an. Er ist schwerfällig, breit in den Schultern und hat eines jener platten, sommersprossigen Gesichter, die bei den Bauern aus der Hana nicht selten sind.

Er liest in den Pausen, hat Bücher dabei. Das zieht sie an. Über Bücher ließe sich reden, auch wenn sie keine Ahnung hat, was er liest.

Sie fängt ihn ab, auf dem Weg zu seinem Leseplatz – einer aus dem riesigen, leeren Saal sich wie ein Korkenzieher in das nächste Stockwerk windenden Treppe –, stellt sich ihm in den Weg, spürt sich selber wieder, spannt sich: Sie lesen viel, hört sie sich mit einer Stimme sagen, die sie sich an diesem Ort bisher nicht zugetraut hat, und ich bin neugierig, was. Da er ihr nicht antwortet, redet sie einfach weiter: Vielleicht können wir austauschen. Es ist ja nicht leicht, neue Bücher zu bekommen. Bis ich mir die Tagebücher von Fučík habe leihen können, hätte ich sie schon ein paarmal gelesen.

Die habe ich. Mehr für sich und nicht ohne Stolz stellt er fest, Fučíks Tagebücher zu besitzen.

Er drängt an ihr vorbei. Wochenlang haben sie miteinander gearbeitet und kaum ein Wort gewechselt.

Sie macht ihm den Weg frei, läßt aber nicht locker, folgt ihm: Ich habe eine Schwäche für Lyrik, sagt sie und setzt gleich nach: Und Sie?

Mit einem Knurren entschließt er sich, sie doch zur Kenntnis zu nehmen: Ich auch.

Diese zwei Silben genügen ihr. Haben Sie Vorlieben, Lieblingsdichter? Soll ich Ihnen einen von meinen verraten? Otokar Březina.

Lenau, sagt er. Und es ist ihm anzusehen, daß er sie mit dieser Auskunft überraschen will.

Lesen Sie ihn auf deutsch?

Im Moment nicht, sagt er, das ist nicht erlaubt.

Was für ein Buch haben Sie heute bei sich?

Er hält es ihr wortlos hin. Sie erkennt es an dem Umschlag auf den ersten Blick, klatscht in die Hände: Daß Sie gerade das lesen. Es ist eines der schönsten Bücher von der Welt. Wort für Wort sagt sie Titel und Autor auf: Die wahre Reise des Herrn Brouček von Svatopluk Čech.

Auf der Wendeltreppe bietet er ihr einen Platz an. Hier sitze ich, wenn Pause ist.

Ich weiß.

Also, sagt er und noch einmal: also, und zeigt einladend auf die Treppe.

Setzen Sie sich nur, und lassen Sie sich nicht weiter stören. Seine Verlegenheit gibt ihr Schwung. Ich muß erst mein Buch holen.

Sie rennt. Die Pause ist nicht lang, und sie möchte keine Sekunde verlieren.

Er schaut ihr entgegen und will, kaum hat sie es sich bequem gemacht, ihr Buch sehen, die Gedichte von Seifert. Přilba hlíny.

Ich habe jedes Gedicht schon ein paarmal gelesen, sagt sie. Jetzt fang ich an, die schönsten auswendig zu lernen.

Nicht so laut. Er legt den Finger an die Lippen. Warum sollen die anderen alles mitkriegen?

Wieso nicht. Die können uns doch egal sein.

Er schlägt sein Buch auf, legt es auf die Knie. Es bleiben uns nur noch wenige Minuten, dann wird der Kapo pfeifen.

Gerade genug Zeit für ein Gedicht. Es steht nicht in diesem Band, aber es ist auch von Seifert. Mit weißem Tüchlein winkt, sagt sie, stockt und beginnt mit gesenkter Stimme noch einmal:

Mit weißem Tüchlein winkt,
wer Abschied nimmt,
etwas geht mit jedem Tag zu Ende,
etwas Wunderbares geht zu Ende.

Die Taube kehrt, die Botschaft tragend,
windauf, windab nach Haus zurück;
mit und ohne Hoffnung kehren
ewig wir nach Haus zurück.

Lächle mit verweinten Augen,
das Tüchlein, ach, verwahr es,
mit jedem Tag beginnt etwas,
beginnt etwas Wunderbares.

In den letzten Vers hinein schrillt die Pfeife. Beide springen
auf, längst auf das Kommando eingeübt. Vladimír hält sein
Buch mit beiden Händen, als fürchte er, es könnte ihm ent-
rissen werden.

Es ist halt auch nur ein Gedicht, sagt er, wenn ich mir
vorstelle, wie jetzt unser Wunderbares beginnt.

Warum nicht? Sie lacht, läuft ihm voraus.

Zu Hause erzählt sie nichts von ihrer neuen Bekannt-
schaft. Es könnte sein, daß schon ein Satz genügt, sie
unmöglich zu machen. Wochenlang sehen sie sich nur
während der Arbeit. Eine der Arbeiterinnen wird abgeru-
fen, ob sie verlegt oder entlassen wird, bekommen sie
nicht heraus. Mehr und mehr achtet sie darauf, in seiner
Nähe zu arbeiten. Sie beginnt, seinen Schweiß zu riechen,
seine Haut. Sie beginnt, sich nach ihm zu sehnen. Nachts
stiehlt er sich in ihre Träume, und sie hat Mühe, ihm
mit allerhand unterbewußten Narreteien und labyrinthi-

schen Läufen zu entkommen, was sie im Grunde gar nicht will.

Es wird noch einmal kalt. Der Winter quält sie. Jetzt ist niemand mehr barmherzig und holt sie in die Küche. Sie werden auf den Hof gepfiffen, müssen den Schnee zur Seite räumen. Sie läßt sich nicht aus dem Rhythmus bringen, schuftet, bis sie sich nicht mehr spürt. Mitunter lehnt sie sich für einen Atemzug an Vladimír. Und er sich gegen sie. In solch einer Atempause erfährt sie von ihm eine Neuigkeit, die eben durchkam, wie er sagt, brandneu, und er schluckt an ihr, bekommt sie erst einmal nicht heraus: Jan Masaryk ist tot. Er ist aus dem Fenster gestürzt, aus dem Fenster, wiederholt er.

Das ist nicht wahr. Sie drückt ihn mit ihrem Gewicht. Irgendeiner denkt sich solche Gemeinheiten aus.

Es ist wahr, Božena.

Was sollen wir tun? fragt sie und schämt sich dieser Kinderfrage.

Weiter Schnee schaufeln, sagt er. Jetzt werden sie regieren. Jetzt geht es uns an den Kragen, sagt er.

Warum? Masaryk und Beneš haben sich mit den Kommunisten arrangiert.

Schon, sagt er und wischt sich mit dem Ärmel übers Gesicht, schon, nur fragt es sich, ob die Kommunisten sich mit Beneš und Masaryk arrangiert haben.

Sie haben ihn umgebracht. Mit diesem Satz, der kreischend ihren Kopf füllt, kommt sie abends heim, will ihn loswerden, das Gegenteil hören, der Vater, der gewöhnlich um diese Zeit noch in der Weinstube arbeitet, sitzt in sich zusammengesunken, in sein rundes, festes Gesicht haben sich ungezählte Falten gefressen. Mutter neben ihm – so, als warteten sie auf ein ganzes Rudel von Hiobsbotschaften.

Sie haben ihn umgebracht, sagt er nach einer Weile. Er wiederholt, was Vladimír ausgesprochen hat: Es wird sich alles ändern.

Am nächsten Tag sind sie noch zu zweit, Vlasta und sie. Der Kapo schickt sie ungerührt auf den Hof in den Schnee. Immerhin drängt er sie nicht. Sie können so oft pausieren, wie sie wollen.

Vlasta spricht heiser, als habe sich das Schweigen wie Staub auf ihre Stimmbänder niedergeschlagen. Wissen möchte ich schon, was sie mit den andern angestellt haben, wo die geblieben sind.

Die Antwort bekommen sie, als sie am kommenden Tag mit der Arbeit zu Ende sind und aufbrechen wollen. Der Kapo befiehlt ihnen zu warten. Er habe die Weisung, sie festzuhalten. Sie stehen im Windfang, der gerade Platz genug gibt für ein halbes Dutzend sehr dünner Leute. Die Kälte hat sich längst durch die Kleider geschafft. Es hilft auch nichts mehr, daß sie sich ständig bewegen, mit den Armen schlegeln. Sie haben längst wieder aufgehört, miteinander zu sprechen, sich fallen lassen in stumpfe Wortlosigkeit.

Die Eltern werden sich sorgen, denkt sie.

Sie werden von Milizionären abgeholt, in einem Militärauto durch die lichterarme, schneegraue Stadt gefahren.

Es müßte Frühling sein, sagt einer der Milizionäre mit einer kieksenden Bubenstimme.

Solche Eindrücke sammelt sie, Stimmen, Gesichter, Räume, ganz zufällig.

An diesem Abend werden sie nicht mehr vorgeführt, sondern zusammen in eine Zelle gesperrt. Sie tasten mit den Augen den Raum ab, jede für sich, und jede nimmt die Pritsche in Anspruch, der sie näher steht.

Warst du schon mal eingesperrt?

Vlasta legt sich hin, stellt zufrieden fest, daß es wenigstens eine Decke gebe. Ich habe Hunger, sagt sie.

Ich war noch nie im Gefängnis, antwortet Božena und tut es Vlasta gleich. Sie starrt an die Decke. Noch nie, sagt sie.

Ob sie uns noch etwas zu essen bringen? fragt Vlasta.

Nein, bestimmt nicht. Božena läßt sich von der Gleichgültigkeit tragen und wegschwemmen in einen halben Schlaf. Irgendwann werden sie kommen und sie zum Verhör holen. Wieder wird es ein anderer Offizier sein, denn den, der sie zuletzt verhört hatte, hat wahrscheinlich schon die neue Politik verschlungen.

Sie wird geweckt, schreckt auf, braucht einen Moment, sich zurechtzufinden, schaut zur andern Pritsche hinüber: Vlasta muß vor ihr aufgerufen worden sein.

Eine Uniformierte begleitet sie. Auf einem der Gänge kommen ihr zwei Priester entgegen, begleitet von einem Dutzend Milizionären, und sie sehen so verstört und angstvoll aus, als hätte der Leibhaftige sie ins Gebet genommen.

Es taut, hört sie jemanden sagen, über Nacht ist der Frühling gekommen. Einer der Priester hebt den Kopf, und sie spürt den Schmerz dieser knappen Bewegung.

Niemand bittet sie, sich zu setzen. Es gibt zwar den Schreibtisch, auch das Blendlicht. Und der Offizier sitzt schon. Aber sie läßt er stehen. Hinter ihr haben sich zwei Milizionäre postiert, als sei mit ihrer Flucht zu rechnen.

Koska, Božena?

Ja.

Du hast in der Strafkolonne gearbeitet.

Ja.

Wegen Kollaboration mit dem Faschismus.

Ich, sagt sie und kommt nicht weiter, denn der Offizier ist hochgeschnellt – diesen Anfang hat er anscheinend trainiert –, mit zwei drei Schritten um den Schreibtisch herum, ein dürrer, langer Mann mit einem Gelehrtenkopf, er faßt sie am Kinn, den Daumen zwischen den Unterkiefer, daß sie meint, er bricht. Sie stöhnt, gibt nach, legt den Kopf in den Nacken.

Er läßt sie los, wischt sich die Hände mit dem Taschentuch ab, als habe er sich an ihr besudelt.

Du sagst ohne weiteres: Ich – hab ich dir das erlaubt?

Nein, will sie ihm antworten, bringt aber nur ein Krächzen zustande. Er hat ihr die Stimme weggedrückt. Du hast diesem Faschisten gedient, in jeder Hinsicht, nicht nur als Sekretärin, nicht wahr? In jeder Hinsicht. Wir verstehen uns schon.

Was soll sie ihm antworten?

Sag schon. Die beiden Milizionäre treten neben sie, fassen sie aber nicht an.

Sie kann nur flüstern: Er ist kein Faschist gewesen.

Was sonst?

Ein Advokat.

Ein deutscher Advokat, ein Faschist. Was willst du? Willst du dich herausmogeln? Willst du dir einen andern ausdenken?

Sie merkt, wie sie anfängt zu schwanken. Ihr wird schwindelig.

Er tritt auf sie zu, sie fährt zurück, legt die Hand um den Hals. Die Milizionäre halten sie fest. Er kommt ihr sehr nah, stinkt nach Tabak und Kantine.

Ich will nichts von dir hören, nur dein Eingeständnis, daß du eine Faschistenhure bist.

Ja, krächzt sie.

Die Milizionäre schaffen sie zurück in die Zelle. Sie bleibt allein, Vlasta kommt nicht. In Gedanken beginnt sie, einen Brief an Herrn Doktor zu schreiben. Jeden Satz wiederholt sie so lang, bis sie ihn auswendig weiß. Manchmal vergißt sie einen. Dann fängt sie von vorn an. Sie liegt, die Hände unter dem Kopf verschränkt, und spricht mit ihm:

Lieber Herr Doktor,
ich bin im Gefängnis, schon die zweite Nacht bin ich einge-
sperrt. Ich, Božena Koska, eine Faschistenhure. Alles wegen
Ihnen, liebster Herr Doktor. Ich mache mir schon Vorwürfe,
weil ich Ihnen ständig mit einem neuen Unglück zur Last
falle. Aber wieder muß ich mich fragen, was kann ich dafür.
Genausowenig wie Sie etwas dafür können. Manchmal
denke ich mir, wir haben uns die falsche Zeit ausgesucht.
Nur dürfte das nicht stimmen. Für Leute wie uns gibt es
keine richtige Zeit.
Wahrscheinlich haben Sie längst erfahren, daß unser
Außenminister, Jan Masaryk, aus dem Fenster gestürzt ist.
Es ist schrecklich, wie die Prager an gewissen Traditionen
festhalten. Sie haben ein paar Jahre in Prag studiert, liebster
Herr Doktor. Da wird Ihnen das Czernin-Palais auf dem
Hradschin in Erinnerung sein. Ich weiß nicht, ob es schon
unter Präsident Masaryk Außenministerium gewesen ist,
unter dem Vater. Ob der Sohn geschrien hat? Ob sie ihn
vorher betäubten? Ob er von sich aus gesprungen ist? Ob
ihn die Verzweiflung aus dem Fenster stieß? Alles, was ich
Ihnen ins Heft schreiben werde, halte ich erst einmal in
meinem Gedächtnis fest. Die Milizionäre dürfen kein Wort
wissen. Sie nehmen von mir sowieso nur das Gemeinste an.
Wenn ich mit Ihnen, lieber Herr Doktor, das getan hätte,
was sie mir unterstellen, wäre ich damals bestimmt glück-

licher gewesen und heute noch unglücklicher. Lieber betrüge ich sie, wenn es mir paßt, in der Zukunft, und erzähle es ihnen. Oder ich vergesse es überhaupt, daß ich eine Frau bin, manchmal Lust auf Liebe verspüre, manchmal fliegen möchte, wie Jan Masaryk, doch nicht stürzen. Ich rede Unsinn. Wissen Sie, daß ich einen schönen Körper habe und stolz auf ihn bin? Jetzt müßte ich ihn beschreiben. Aber ich denke nicht daran. Mir fehlt hier nicht bloß der Spiegel. Im Moment versuche ich meinen Körper zu vergessen, auszulöschen. Ich möchte so wenig wie möglich von mir sein, wenn sie mich wieder zum Verhör holen. Ich habe keine Angst, mein Liebster, vor den Offizieren hier, ich habe Angst vor dem, was auf mich zukommt oder nicht. Ob sie mir erlauben werden zu leben? Übrigens: Beinahe hätte ich Sie schon betrogen. Mit einem Jungen, mit dem ich zusammen in einer Putzkolonne arbeitete. Wir haben miteinander über Gedichte gesprochen, über Lieblingsbücher. Ich habe mich nicht in ihn verliebt. So weit ist es nicht gekommen. Ich hätte aber mit ihm geschlafen, wenn sich die Gelegenheit ergeben hätte. Ich bin schlimm, nicht wahr? Ach was, liebster Herr Doktor, ich bin ein armes Würstel, sonst nichts. Jetzt umarme ich Sie, obwohl es mir immer öfter schwerfällt, Sie mir genau vorzustellen. Ich umarme eben das, was von Ihnen mein ist.

Den Brief denkend, die Sätze wiederholend, schläft sie ein. Am nächsten Morgen wird sie nicht mehr verhört. Ein Offizier erteilt ihr nur noch Befehle, verfügt über ihr künftiges Leben. Sie sei fürs erste entlassen; sie habe sich jeden zweiten Tag bei der Polizei zu melden; sie habe sich für jede Arbeit, die im Dienst des Gemeinwohls zu verrichten sei, bereit zu halten; sie müßte damit rechnen, in einem andern

Ort, voraussichtlich in der Landwirtschaft, eingesetzt zu werden.

Der schwarze Moritz vergnügt sich im Garten, schnürt durch den tauenden Schnee, hüpft bellend am Zaun hoch, als sie sich dem Haus nähert. Mutter ist allein. Sie hätten nach ihr gefragt, gesucht. Auf der Polizei hätten sie behauptet, sie wüßten nichts von ihr. Was haben wir uns aufgeregt! Die schwer atmende Frau läßt sie nicht los, zieht sie fest an sich, duldet es, daß Moritz sich die Seele aus dem Leib bellt und die Nerven der Nachbarn strapaziert. Sie hätte nichts dagegen, wenn die »schwierigere Tochter«, die Božena neben Helenka für sie immer gewesen ist, in sie hineinwüchse.

Beruhige dich, Maminka. Wo ist Vater? Sie haben mich von der Arbeit geholt und eingesperrt. Mich und Vlasta. Da sie zuhaus nie von Vlasta gesprochen hat, fügt sie erklärend hinzu: Das ist eine Arbeitskollegin. Sie ist verschwunden. Mit jedem Wort drückt sie sich in den Leib ihrer Mutter. Ich muß mich alle zwei Tage melden, sagt sie. Wo ist Vater? Im Geschäft? Und Helenka?

Sie werden kommen, sagt Mutter. Bei ihnen muß ich nicht das Schlimmste befürchten.

An diesem Tag kommt Vater auf ein Erbe zu sprechen, das er seit Ende 1945 verwalte, das ihr aber zugefallen sei. Sie sei, wenn er sich nicht täusche, als Besitzerin eingetragen, er als Treuhänder. Dieses kleine Haus an der Straße nach Kostice, in dem Onkel Bedřich recht und schlecht lebte – wir haben ihn ein paarmal besucht in den dreißiger Jahren. Er war schon damals wunderlich, und es kann sein, er ist es immer gewesen. An dir hatte er einen Narren gefressen, Božena. Du warst dreizehn oder vierzehn. Er nannte dich Prinzessin, und du konntest es nicht aus-

stehen, wenn er nach dir haschte und dabei wie ein Wald-
schrat hechelte und kicherte.

Sie hatte sich vor ihm geekelt, gefürchtet. In der Hütte
hatte es nach verdorbenen Lebensmitteln und Urin gestun-
ken, und Mutter hatte jedesmal, gegen den hartnäckigen
Einspruch des Onkels, die Fenster aufgerissen. War er bei
Kräften, wollte er unbedingt mit ihr Fangen spielen.

Er hat sie dir vermacht. Seit seinem Tod steht sie leer. Wer
weiß, in welchem Zustand. Mutters Schwester schaut gelegentlich nach. Sie wohnt ja mit ihrer Familie nicht weit entfernt davon. Vielleicht wirst du sie bald als Zuflucht brauchen können.

Ich?

Moritz treibt ein Katzenspiel und streift um ihre Beine.
Auf einmal scheinen alle um ihre Zukunft besorgt, so oder
so. Der eine treibt sie ins Land, der andere stülpt ihr ein
Dach über den Kopf. Bloß gescheiter werden darf sie auf
keinen Fall. Studieren darf sie nicht, dumm soll sie bleiben
ihr ganzes Leben.

Ich habe Hunger, sagt sie. Ich geh mich waschen, und
müde bin ich auch.

Sie geht zwischen den Eltern auf und ab, küßt den Vater,
umarmt die Mutter, hört, wie Vater davon spricht, daß sie,
es sei anzunehmen, diese Wohnung früher oder später verlassen müßten. Das Haus gehört nicht uns, und es fragt
sich, wie lange es denen noch gehören wird, denen es nach
dem Gesetz schon nicht mehr gehört. Er sagt es wie ein
Witz, und er muß ihn Mutter in den letzten beiden Tagen
ausdauernd beigebracht haben, denn sie klagt nicht, sie
schweigt, wirft ihm nur einen besorgten Blick zu.

Sie ist todmüde und wagt es doch nicht, die Eltern allein
zu lassen, setzt sich zu ihnen, trinkt mit ihnen Kaffee, ißt,

droht einzuschlafen, lauscht, wie Mutter das Radio einstellt, wegen des Nachmittagskonzertes, nimmt die Musik wie ein auf- und abschwellendes Geräusch wahr, hört Vater mit der Zeitung rascheln, fühlt sich zu Hause, könnte die beiden Alten mitnehmen in einen endlosen Schlaf, da hört sie Vater wieder deutlich: Ob ich mit meiner Weinstube noch lange froh sein werde, wer weiß es.

Moritz hat genug vom Katzenspiel. Er trippelt zum Ofen, wirft sich in den Wärmeschwall.

Jeden zweiten Tag spricht sie bei der Polizei vor.

Beneš hat sein Amt als Staatspräsident aufgegeben. Die Kommunisten haben alle Ministerien besetzt. Die Gesichter in den Behörden wechseln. Die Gesichter derer, die sich zu melden haben, bleiben gleich. Es werden mit der Zeit nur weniger.

Der Garten birst vor lauter Aufbruch. Sie verbringt mit Mutter die Tage, wenn es nicht regnet, draußen, hilft ihr beim Umsetzen der Pflänzchen, beim Binden, Jäten und begleitet den rastlosen Moritz an der March entlang.

An einem Nachmittag, Mutter hat sie allein gelassen, ist mit einer Nachbarin zum Hamstern aufs Land, zieht sie das Heft zwischen Březina und Hašek heraus, liest den Brief, den sie gleich nach ihrer Heimkunft aus dem Gedächtnis eingetragen hatte, noch einmal durch und ergänzt ihn mit einem Postskriptum:

Diesen Brief schrieb ich am 20. Februar. – Ich lebe mit polizeilicher Genehmigung beinahe wie eine Made im Speck. Noch immer bin ich keiner Arbeit zugeteilt worden. Lieber, lieber Herr Doktor, Sie werden so beschäftigt sein, daß Sie sicher gar nicht mitbekommen, was bei uns passiert. Beneš hat sein Amt abgegeben, oder er hat es müssen. Der Unter-

schied ist eine Bagatelle. Ich weiß noch, wie wir uns einmal
über Beneš gestritten haben. Vielleicht war er der einzige
politische Streit zwischen uns. Sie nannten Beneš eine
schwache Figur, und ich brüllte für ihn wie eine Löwin,
weil es mich mein Vater so gelehrt hat. Nun ist er schwach
geworden, wir werden es büßen müssen. Die meisten aber
sind der Ansicht, es bricht eine neue Zeit an. Seit kurzem
haben wir eine Verfassung. Sie soll das Volk schützen. Lieb-
ster Herr Doktor, ich bin gespannt, ob ich zum Volk gehöre.
Die letzte Zeit sind Sie mir kaum mehr im Traum erschie-
nen. Ich bitte Sie, sich ein wenig mehr anzustrengen.

(Geschrieben am 19. Mai 1948)

Da allen mehr oder weniger die Bleibe aufgekündigt ist,
fühlen sie sich ungebunden und gleichgültig. Ihre Laune
steckt sogar Moritz an. Wie stets ist er unterwegs, doch die
Abstände zwischen Kommen und Gehen sind ungleich
kürzer, als müsse er sich ständig versichern, ob es das Haus
und seine Bewohner überhaupt noch gibt.

Die Eltern bestehen darauf, Boženas 28. Geburtstag zu
feiern. Von den Geschwistern wird nur Helenka kommen
können, die beiden Brüder haben keine Zeit, haben Pflichten. Nur kurz bleiben sie unentschieden, ob sie sich festlich
in der Weinstube treffen sollten oder im Garten. Dem wird
der Vorzug gegeben, also auch einer Flut von Erinnerungen, Kinderszenen. Die allgemeine Betriebsamkeit – Helenka hilft bei den Vorbereitungen – schafft eine unmerk-
liche Distanz und läßt sie wie Gäste bei sich erscheinen.

Helenka bleibt über Nacht. Sie reden über früher, erzählen sich Kinderstreiche. Die Gegenwart sparen sie aus. Um
Mitternacht schlüpft Helenka zu Božena ins Bett, umarmt
sie, gratuliert ihr. Sie schlafen zusammen ein, und Helenka,

die unausstehliche Frühaufsteherin, weckt sie, wie sie es als Kind schon getan hat: Božena, wach auf, es ist schon hellichter Morgen, und du versäumst deinen Geburtstag. Bitte, große Schwester! Womit Helenka ihr das Stichwort gibt, sie die große Schwester spielt, die kleine Schwester aus dem Bett scheucht, damit sie sich noch einen Moment Ruhe gönnen könne, während Helenka sich wäscht und anzieht. Aber stell das Bad nicht auf den Kopf, Schwesterchen, und laß deinen Kram nicht überall liegen. Worauf Helenka seufzen darf: Wie oft soll ich mir das noch anhören? Sie brechen miteinander in Gelächter aus. Božena lauscht ins Haus. Was noch vor wenigen Jahren dauerhaft erschien, ist vorläufig geworden. Sie genießt es, räkelt sich, denkt, ohne alle Angst, daß sie morgen schon abgeholt, gerufen werden kann, in eine andere Stadt, aufs Land. Eine Person, die von Amts wegen ihres Ortes beraubt wurde.

Auf Zehenspitzen schleicht sie sich ins Bad, sieht zu, wie Helenka im Spiegel grimassiert, stellt sich hinter sie: Wir gleichen uns nicht, stellt sie, die Grimassen Helenkas erwidernd, fest. In nichts, Schwesterchen, und daß ich schöner bin als du, wirst du mir zugeben müssen, obwohl ich heute besonders übermütig bin. Die kleine Schwester straft sie mit einer unbedachten Antwort: Vielleicht schöner, Božena, aber ich hab einen Bräutigam, und du hast keinen. Höchstens einen in Gedanken. Helenka gerät nicht ins Stottern. Mit steinerner Miene spricht sie Wort für Wort ins Spiegelgesicht ihrer Schwester.

Božena sieht sich und Helenka: ihr von den hohen Bakkenknochen dominiertes Gesicht neben dem schmalen und immer blassen Helenkas. Sie legt ihren Arm um Helenkas Schulter, damit sie sich nicht aus dem Doppelbild entfernen kann, reibt ihre Wange an der Helenkas, wundert sich, wie hell, fast farblos ihre Augen neben den braunen, beinahe schwarzen der Schwester wirken, und fängt an, in den Spiegel hineinzureden, wütend und beschwingt in einem: Du hast ja recht, Schwesterchen, und ich nehme dir diese liebevolle Gemeinheit nicht übel, denn du hast mir immer von deinen Liebschaften erzählt und ich dir nie. Nicht nur aus Scheu, vielleicht auch, weil die Phantasie dann mit mir durchgegangen wäre und ich mich hätte schämen müssen, aber auch, Schwesterchen, weil ich, so scheint es, nicht lieben kann, ohne daß es zu Skandalen kommt, die ich gar nicht verursacht habe, weil mir die Liebe verboten wurde, gewissermaßen aus nationalen Gründen, und weil alles, was ich an Liebe weiter versuchte, ebenfalls aus nationalen Gründen, nur kurzfristiger Natur gewesen ist.

Helenka ist noch blasser geworden. Ich bitte dich, sagt sie leise, mich nicht so zu umklammern. Laß mich los. Doch Božena hält sie fest, legt ihr Gesicht an das der Schwester, ganz nah, für ein eng gerahmtes Bild. Du bist taktlos gewesen, Helenka, und ich bin ein bißchen zornig geworden. Das ist alles. Sei mir nicht böse. Und gib mir einen Kuß, und verdirb mir nicht meinen Geburtstag. Sie wenden sich einander zu, doch so, daß sie sich mit einem Seitenblick im Spiegel beobachten können. Schielend küssen sie sich; ihr Gelächter danach ist schon nicht mehr im Bild.

Moritz, der sie im Bad hört, kratzt an der Tür, und Božena läßt ihn, obwohl ihm das nicht erlaubt ist, herein, als Helenka aus dem Bad geht. Er wird ihr den ganzen Tag über nicht mehr von den Fersen weichen.

Vater und Mutter empfangen sie. Die Geschenke liegen auf der Anrichte. Mutter hat eine Bluse aus Ballonseide für sie genäht, verschweigt jedoch, wo sie den raren Stoff aufgetrieben hat. Vater überrascht sie neben einer Flasche Sliwowitz aus den Beständen des Weinkellers mit einer Dose kandierter Früchte und erklärt, um ihrer Neugier zuvorzukommen, er könne gewisse Quellen nicht preisgeben. Die Geschwister schenken ihr gemeinsam ein Buch, das sie liebt, doch noch nicht besitzt: ›Babička‹ von Božena Němcová. Die große Božena für die kleine. Die Bluse zieht sie sofort über, aber auch gleich wieder aus, sie könnte Flecken bekommen in diesem Trubel, den Sliwowitz möchte sie unverzüglich anbieten, aber Vater hilft mit einer Flasche aus, die schon angebrochen ist. Und Helenka bittet sie, als sie hinaus in den Garten ziehen, zu einem Gabelfrühstück, doch wenigstens den Anfang der ›Babička‹ vorzulesen. Wir werden dir zuhören wie Kinder, die ein Märchen so gut kennen, daß sie sich über jedes ausgelassene Wort aufregen.

»Lang, lang ist's her, daß ich zum letzten Mal in ihr liebes, sanftes Antlitz blickte, daß ich ihre bleichen, zerfurchten Wangen küßte, daß ich in ihre blauen Augen sah, aus welchen so viel Güte und Liebe hervorglänzte; lang ist's her, daß mich ihre greisen Hände segneten. Die gute, alte Frau ist nicht mehr! Schon lange ruht sie in der kühlen Erde.«

Sie liest vor, spürt den warmen Wind im Gesicht, in den Haaren. Vater unterbricht sie, als sie das erste Kapitel beendet hat. Er wolle auf sie anstoßen, denn er müsse sich für ein paar Stunden entschuldigen. Das Geschäft warte. Alle gratulieren ihr noch einmal überschwenglich, doch sie wünschen ihr nichts, sie lassen die Wünsche aus wie die Gedanken an die Zukunft. Sie erinnern nicht und planen nicht. Geradezu inständig igeln sie sich in der Gegenwart ein, in diesem Tag, der ihr Tag ist. Allmählich fällt ihr das

auf. Irgendwann, am Nachmittag, sie ist schon leicht ange-
trunken und Vater von der Arbeit zurück, schaut sie theatralisch um sich, stellt fest, daß noch vor fünf oder sechs
Jahren bei solcher Gelegenheit die Nachbarn den Garten
gestürmt hätten. Es bleibt ein in die Luft geworfener
Gedanke. Niemand nimmt ihn auf. Der Garten treibt,
spärlich beleuchtet von zwei Lampions, wie ein Boot auf
einem breiten Strom, an dessen Ufern entfernt ein anderes,
fremd gewordenes Leben lärmt.

Einmal, als sie ins Haus geht, um sich eine Jacke zu
holen, hört sie durchs offene Fenster die Eltern und Helenka, hört einen Gesprächsfetzen, der zum Abgesang ihres Geburtstags wird.

Daß niemand von den Nachbarn gratuliert hat –, sagt
Vater.

Wundert es dich? fragt Mutter.

Sie hat sich anscheinend damit abgefunden, sagt Helenka.

Wieder am Tisch und unter den vom Wind gewiegten
Lampions, sagt sie, als hätte sie an der Unterhaltung teilge-
nommen und wolle ihr einen Punkt setzen: Mich, ihr Lieben, wundert nichts mehr. Sie gießt allen ein. Prosit!

Als die Eltern sich ins Haus zurückziehen und Helenka
sich verabschiedet, bleibt sie mit Moritz draußen. Laßt
mich noch eine Weile. Mit Moritz werde ich mich nicht
streiten.

Sie lehnt sich zurück, schiebt den Stuhl etwas mehr
unter den Holunderbaum, schließt die Augen, horcht, wie
die Nacht allmählich lauter wird, die Stimmen aus der
Nachbarschaft, das Rauschen und Knarren der Bäume im
Wind, zuschlagende Türen und hin und wieder ein Vogel,

der einen Triller in die Finsternis ausschickt, gegen seine Furcht.

Die Zeit vor ihrem Weggang zog sich. Als es dann zum Abschied kam, verließ sie einfach das Haus. Bei einem ihrer regelmäßigen Besuche auf der Polizeistation bekam sie den Bescheid, sich am 1. September bei einem landwirtschaftlichen Betrieb in der Nähe von Kokory zu melden. Eine Zeitlang verschwieg sie die Neuigkeit den Eltern, bis Helenka, die sie sofort eingeweiht hatte, drängte: Die Alten müssen sich auf die Veränderung einstellen können. Das hatten sie längst. Sie hatten damit gerechnet. Aus der Welt sei sie ja nicht. Zu den Verwandten in Prerau sei es ein Katzensprung. Lauter tröstende Sätze, auf die sie freundlich reagierte, die sie im Grunde jedoch gleichgültig ließen. Nur die Ungewißheit, wo Moritz bleiben solle, beschäftigte sie ernsthaft. Sie hatte sich vorgenommen, ihn mitzunehmen gegen jegliches bürokratische Hindernis.

Ein Hund? Ob sie von allen guten Geistern verlassen sei. Ein Hund? Sie erzählte von Moritz, daß er sie brauche, ohne sie verenden werde, die Eltern das Tier in ihre neue, kleine Wohnung nicht mitnehmen könnten, und kam sich mehr und mehr vor wie eine wunderliche Alte, der im Leben nichts geblieben, die auf den Hund gekommen ist.

Die Beamten gewöhnten sich an ihr Hundelatein; sie sich an deren mehr oder weniger offenen Hohn.

Schließlich, als sie schon daran war aufzugeben und der September nahte, bewirkte ihre Ausdauer ein Wunder. Ohne sie weiter anzuhören, schob ihr einer der Polizisten ein Papier über den Tisch, ein Dokument, versehen mit zahlreichen Stempeln, das es ihr genehmigte, Moritz mitzunehmen. Was mit dem Köter geschehen werde, kümmere ihn nicht. Sie wurde einem Militärtransport nach Prerau zugewiesen, der sie an ihrem neuen Arbeitsort absetzen werde.

Die Eltern schliefen noch. Am Abend vorher hatte sie sich hastig verabschiedet, ohne Tränen. Nun stahl sie sich aus dem Haus. Auch Moritz gab kein Geräusch von sich. Die Tür fiel leise ins Schloß. In dem Augenblick wußte sie, daß sie nie mehr über diese Schwelle treten würde, alles, was sie bis zu dieser Stunde gelebt und erlebt hatte, in einem unordentlichen Wust von Bildern hinter der Tür zurückbleiben werde.

Ihr Koffer war nicht schwer. Sie hatte nur das Nötigste eingepackt. Von den Verwandten konnte sie jederzeit bekommen, was ihr fehlte.

Moritz hielt sich nah bei ihr, leistete sich keinen Suchgang, keine Schnüffelschleife.

Die Sterne erloschen vor dem heller werdenden Himmel. Es fröstelte sie; sie zog den Mantelkragen um den Hals zusammen.

Sie überquerte den Bahnhofsplatz, lief die Tovární hinunter, den Weg kannte sie inzwischen. Im Näherkommen hörte sie Aufbruchslärm, Rufe, anspringende Motoren, Flüche. Vor der Kaserne ordnete sich ein Konvoi von fünf Lastwagen. Uniformierte liefen scheinbar planlos umher und um eine kleine Gruppe von Männern und Frauen herum. Die hielten sich eng zusammen, als stünden sie auf einem trudelnd treibenden Floß.

Sie nahm Moritz auf den Arm und drückte sich mit einem gemurmelten Gruß in die Gruppe. Niemand schenkte ihr besondere Aufmerksamkeit. Sie standen und rührten sich nicht von der Stelle. Bis es nach einem kurzen und hitzigen Auftritt der Sonne zu schütten begann. Der Regen drang durch die Kleider, kühlte sie aus. Die Soldaten hatten sich in die Fahrerhäuser oder unter Planen geflüchtet und scherten sich nicht um sie. Sie lehnten sich aneinander, wuchsen förmlich zusammen, ohne daß ein Wort fiel. Moritz hatte ihr seine Vorderpfoten über die Schultern gelegt und machte sich leicht.

Irgendwann wurde sie aufgerufen und dem dritten Wagen zugeteilt. Ehe sie den erreichte, wurde sie mit grobem Griff von einem Milizionär aufgehalten. Was soll das? Was willst du mit diesem Köter? Sie begann zu flattern, setzte den Koffer ab, preßte Moritz noch fester an sich, so daß er aufjaulte, sagte, sie habe eine Genehmigung, worauf der Soldat unter das Halsband von Moritz griff, sie panisch zurückwich, sich aber nicht entschließen konnte, Moritz loszulassen, um seinen »Paß« aus der Handtasche zu holen. Ich bitte Sie, sagte sie, wenn Sie für einen Moment den Hund freigeben würden, daß ich ihn absetzen kann, weil ich sein Dokument in der Tasche habe. Er gab nach, sie kramte fahrig in der Tasche, zeigte das Papier vor: Hier sehen Sie, hier. Der Soldat, nachdem er das Papier gemustert, den Stempel zur Kenntnis genommen hatte, half ihr und Moritz auf die Pritsche, weiter ungläubig, doch machtlos gegen ein solches Papier.

Während sie aus der Stadt hinausfuhren, behielt sie den Dom so lange im Blick, bis er versank und mit ihm alle Straßen und Häuser, die ihr vertraut waren, das Haus in der Jiříčekgasse mit dem kleinen Garten und dem Holunderbaum, die Häuser in der Wassergasse und in der Schulgasse.

Die Gegend, durch die sie fuhren, kannte sie von früher, aber es schien ihr, als habe der Krieg sie verwirrt, verschoben, als habe er sogar Häuser und Waldstücke versetzt. Am Nachmittag kamen sie an Onkel Bedřichs Kate vorbei. Sie stand verlassen, wirkte noch brüchiger als in ihrer Erinnerung. Dennoch versetzte ihr der Anblick der Hütte einen hoffnungsvollen Schock. Sie könnte, wenn sich ihre Wächter als halbwegs großzügig erwiesen, zur Zuflucht werden.

Zehn Minuten, nachdem sie die Kate passiert hatten, fuhr der Konvoi in einen Hof und entledigte sich seiner lebendigen Fracht. Mit dem Rad würde sie kaum eine halbe Stunde brauchen, und zu Fuß nicht länger als eine. Sie nahm sich vor, diesen Plan nicht aufzugeben, auch wenn sie sich gedulden müßte.

Moritz sprang ihr vom Arm. Sofort gab es Ärger. Ein Kettenhund geriet außer sich, hinter einem der Häuser tobte ein ganzes Wolfsrudel. Einer der Bauern, die auf sie warteten, steuerte gleich auf den eingeschüchterten, sich an Boženas Bein drückenden Moritz los. Was das solle? Wer ihr erlaubt habe, einen Hund mitzubringen? Noch einen Fresser. Es bellte, es schrie. Moritz und sie standen unbezweifelbar im Mittelpunkt, währenddessen sich die Gruppe auflöste, Frauen und Männer mit ihren Bündeln in den beiden großen, den Hof flankierenden Häusern verschwanden, konnten sie sich nicht vom Fleck rühren. Wieder zog sie den Hundepaß aus der Tasche, wieder versetzte sie die Kontrolleure in ungläubiges Staunen, wieder gelang es ihr, den Hund bei sich zu behalten. Aber – nun knatterten ihr die Abers nach –: Aber mit ihrer Zimmergenossin müsse sie sich verständigen, falls die nicht wolle, müsse der Hund weg. Aber fürs Futter müsse sie selber sorgen, und wenn sie ihre Mahlzeiten mit dem Vieh teile. Aber wenn sie tagsüber im Stall oder auf dem Feld arbeite, dürfe der Köter auf keinen Fall stören.

Alle Widerstände, die ihr vorhergesagt wurden, gelang es ihr, nicht zuletzt mit der Hilfe von Moritz, zu überwinden. Ihre Schlafgenossin, Eva, verschaute sich auf den ersten Blick in den kleinen schwarzen Teufel, wie sie meinte. So seien sie auch nicht ausschließlich aufeinander angewiesen.

Die Einrichtung des Zimmers war karg. Zwei Betten, zwei Stühle, ein winziger Tisch und ein Spind für beide. Meine Pelze habe ich sowieso verscherbeln müssen, sagte Eva, wir werden keine Mühe haben, uns den Schrank zu teilen. Sie sprach, wie sie sich bewegte, angriffslustig und hochfahrend. Sie war um einen Kopf größer als Božena, sehr schlank, ihr Gesicht ebenmäßig geschnitten. Nur die stoppelkurz geschnittenen, von weißen Strähnen durchsetzten braunen Haare widersprachen dem damenhaften Auftreten. Die Rollen verteilten sich von selbst und ohne daß sie schon miteinander Erfahrungen gesammelt hätten. Ihrer beider Liebe konzentrierte sich auf Moritz; das Wort führte Eva. Sie kannte sich im Umgang mit Vorgesetzten vom Militär oder von der Partei aus, stimmte den gewünschten Ton an. Im Laufe des halben Jahres, in dem sie miteinander wohnten und lebten, kam sie Eva zwar in ihren Gefühlen nah, verband sich mit ihr in Wut und rarer Freude, von ihrer Vergangenheit jedoch erfuhr sie so gut wie nichts. Sie hätte aufbegehren können, als Eva einmal vor dem Einschlafen spottete, wie sie denn auskomme ohne einen Mann, da sie doch wahrscheinlich, wie sie, Kompanien von Faschisten verbraucht hätte. Sie widersprach nicht, weil sie hoffte, mehr von Eva zu hören. Aber die zog es, gleich ihr, vor, die Vergangenheit, wie schön oder schändlich sie gewesen ist, für sich zu behalten.

Bei der Arbeit ließen sie sich nicht voneinander trennen. Meistens blieben sie in den Ställen, im Haus oder im Büro.

Der Winter trieb sie von den Feldern. Gesprächsstoff gab es genug. Sie klatschten über die Kapos, die Hierarchien in der Partei, die Probleme in der Genossenschaft. Sie fragten sich, wer ursprünglich Bauer gewesen und wer neu dazu gekommen war. Selbst bei den Mahlzeiten blieben sie zusammen. Evas rüder Ton sorgte dafür, daß jeder, der mit ihnen anzubandeln versuchte, sich dem Spott aller ausgesetzt sah. Auf diese Weise zog sie einen schützenden Kreis von Respekt und unausgesprochener Mißgunst.

Wir riechen nach Kuh, sagte Eva, wir riechen immerfort nach Kuh und merken es nicht, erst wenn wir hinauskommen sollten, werden sie es uns vorhalten. Dann wird unsere Haut schon durchtränkt sein von diesem Gestank, und sie können uns mit Recht Kühe schimpfen. Das war ihr Ton. So stärkte sie sich und Božena. Du bist zehn Jahre jünger als ich, Mädchen, dir wird schon warm im Bauch, wenn du dir einen Kerl ausdenkst. Das kann ich von mir nicht behaupten.

Für einen Abend lang gefährdet Eva die Balance, die sie beide füreinander bewahrten, indem sie, nur in Andeutungen, Božena ihre Liebe erklärte, ungefragt zu ihr unter die Decke kam, nackt, und ihr Gesicht zwischen Boženas Brüste drückte, worauf die ganz und gar nicht gefaßt war. Ich bitte dich, laß das. Ich kann es nicht, ich will es nicht.

Eva ließ sie los, rutschte aus dem Bett, schlug die Hände vors Gesicht und bat Božena, das verdammte Licht auszumachen. Sie wolle sich endlich schlafen legen.

Beide schafften es, nach diesem Einbruch von Liebe wieder ins Gleichgewicht zu kommen oder in den Gleichmut, in dem ihre Gefühle unangesprochen lagerten.

Sie schneiten ein. Meistens meldeten sich Božena und Eva zu den Räumkolonnen. Da draußen hielten sich die

Kapos zurück, ließen ihnen Zeit. Dafür nahmen die Schulungsabende der Partei überhand. Eva verschlief sie zur Hälfte und stimmte allem, was ihr eingetrichtert wurde, ohne nachzudenken zu. Božena hingegen verschanzte sich hinter ihren Büchern und Dichtern, hinter Fučík und Kisch und Čapek, womit sie den Instrukteuren eher unheimlich wurde.

Ab und zu merkte sie, daß sie im Geschwätz der Landarbeiter und Milizionäre eine gefährlich aufreizende Rolle spielte, dann wurde dieser und jener zudringlich, stellte ihr nach, sie sei es doch gewöhnt, sie habe es doch gern, sogar mit Deutschen habe sie es getrieben. Da sie und Eva sich jedoch nicht aus den Augen verloren, konnten sie sich gemeinsam der Zudringlichkeiten erwehren. Wobei Evas Arroganz manchmal zu scharf wirkte und die Neugier der Burschen in blanke Wut umschlug.

Nach solchen Anspannungen konnte es geschehen, daß die beiden ein wenig von sich preisgaben, wenn auch nur in Seufzern und Fragen.

Wie jetzt mit ihr, habe sie auch mit ihrer Schwester ein schmales Zimmer geteilt, sagte Božena. Sie hatten das Licht schon gelöscht, sich eine gute Nacht gewünscht und auf den Schlaf gewartet. Ich habe keine Schwester, dafür zwei Brüder, antwortete Eva und wartete darauf, daß Božena das Gespräch fortführe. Sie lag auf dem Rücken, starrte in die Dunkelheit, horchte auf die Geräusche vom Hof, die immerwährende Unruhe im Stall.

Schläfst du? fragte Eva.

Nein, aber gleich.

Glaubst du, daß wir unser ganzes Leben lang verschrien sein werden als Nazihuren?

Schon möglich, Eva.

Aber das ist doch kein Leben.

Božena lachte leise auf: Sag es ihnen.

Im Januar, als die Eisdecke auf dem Gutsteich sich auswuchs zu einem gewaltigen, dem Grund sich nähernden Pfropfen und der wolkenlose, blaßblaue Himmel vor Kälte zu reißen schien, tauchte, in ein schwarzes Tuch gehüllt und gewickelt, Mutters Schwester auf und teilte ihr, ohne ein vorbereitendes Wort, mit, daß ihr Vater gestorben sei, schon vor drei Tagen, gestorben aus eigenem Willen – er habe sich in seinem Lokal erhängt, sagte sie und wiederholte es: erhängt.

Sie standen vor dem Stall in einem durch den Schnee geschaufelten Gang. Jauche und Mist hatten das Weiß eingefärbt.

Ich weiß nicht, sagte sie.

Was weißt du nicht? fragte die Tante.

Das hab ich nur so gesagt. Es gelang ihr, die Tränen zurückzuhalten. Sie stauten sich unter den Augen und schmerzten.

Der Genosse Vorsitzende gibt dir drei Tage frei, erklärte die Tante. Ich habe es mit ihm besprochen. Gleich nachher nimmt dich ein Transport nach Olmütz mit. Hastig, als müßte sie sich überwinden, zog sie Božena an sich, küßte sie auf die Stirn und ließ sie stehen. Wie ein schwarzer Kegel kreiselte sie über den Hof. Ehe sie fuhr, holte sie Eva aus dem Stall, bat sie, rasch mit aufs Zimmer zu kommen, erzählte schon auf der Treppe, was sie eben von der Tante erfahren hatte, der Vater sei tot, er habe sich erhängt, und im Zimmer fiel sie über Eva her, warf sich mit ihr aufs Bett, drückte ihren Kopf in die nach Stall stinkende Jacke, heulte, hörte Eva sagen: Du hast nicht mehr Zeit als zehn Minuten, dann fährt dein Auto, und die warten nicht eine Sekunde auf dich. Um Moritz mach dir keine Sorgen. Ich passe auf ihn auf.

Der Wagen rutschte und holperte über die verschneiten Straßen, Onkels Hütte verschwand fast unterm Schnee, war eingeschlossen auf Tür- und Fensterhöhe. Sie nahm sich vor, den Umzug noch hartnäckiger zu betreiben. Vor dem Bahnhof wurde sie abgesetzt. Hier solle sie sich wieder einfinden, in drei Tagen, morgens um fünf. Es würde genauso Nacht sein wie jetzt.

Auf dem Gang durch die menschenleeren Gassen fehlte ihr Moritz, sein kleiner, wärmender Schatten. Das Haus stand dunkel, schlief. Als sie vor die Tür trat, ging das Licht an, sie mußte nicht läuten. Mutter hatte auf sie gewartet. Es brauchte eine Weile, bis sie öffnete, im Morgenmantel, die grauen Haare offen und wirr. Komm herein, sagte sie. Du bist spät. Der Schnee wird dich aufgehalten haben. Sie nahm ihr die Tasche ab, half ihr beim Ausziehen des Mantels, faßte sie unaufhörlich an, als müßte sie sich ihrer Wirklichkeit versichern.

Helenka ist seit vorgestern schon wieder fort, sagte sie, gleich nach dem Begräbnis. Die Buben konnten gar nicht kommen. Nun bin ich wieder allein. Aber ich muß sowieso aus dem Haus. Und jetzt ohne ihn. Sie führte Božena an der Hand ins Wohnzimmer, wie ein Kind, das sich noch nicht richtig auskannte. Sie schaltete das Licht an. Wir haben schon ausräumen müssen, ein bissel, erklärte Mutter, und ihre ein wenig irre Heiterkeit steckte Božena an. Im Wohnzimmer standen noch der große, runde Tisch und ein paar Stühle. Anrichte, Schränkchen, Stehlampe, selbst die Bilder an der Wand waren verschwunden. Ich brauche es nicht mehr. Mutter setzte sich auf den ihr nächsten Stuhl, zog einen zweiten neben sich. Sie saßen wie in einem Wartesaal. Sprachen sie, stand ihnen der Hauch vor dem Mund. Es war schon abgesprochen, daß die Eigentumsverhältnisse sich verändern sollten. Er hat auch gekränkelt, sagte Mutter, als müsse sie Vater entschuldigen. Frag mich nicht, was ihm alles durch den Kopf gegangen ist, sagte sie. Er hat es für sich behalten. Sie saß bolzengerade, schaute Božena nicht an, sondern in das leere Zimmer hinein und lächelte dazu. Helenka und ich und zwei Leute aus der Nachbarschaft haben an seinem Grab gestanden.

Während die alte Frau redete, sah sie Vater vor sich, rund und kräftig, mit ausholenden Gesten, und sie hörte seine helle, singende Stimme. Eine Form prägte sich in die eiskalte Luft.

Ich kann zwei Tage bleiben, Mutter. In vier Tagen ziehe ich sowieso um. Sie richtete sich auf, stützte sich dabei auf Boženas Schulter. Komm, Kind, ich bring dich zu Bett. Es ist allerdings nur eines von den zweien überzogen, und Helenka hat schon darin geschlafen.

Das wird mich an sie erinnern.

Das Zimmer war noch nicht geräumt. Alles stand an seinem Platz. Auch die Bücher auf dem Regal und, zwischen Březina und Hašek, die beiden Hefte. Plötzlich empfand sie Lust, mit dem Herrn Doktor zu sprechen, ihm zu schreiben, sich selbst zu hören und zu spüren, seit langem wieder.

Ich bleib doch noch auf, leg mich nicht gleich hin. Die Fahrt steckt mir in den Knochen.

Behutsam nahm sie ihre Mutter in den Arm: Morgen müssen wir reden. Zu Vaters Grab möchte ich gehen.

Ehe sie die Tür schloß, schaute sie ihrer Mutter nach, die

über den Flur tappte, auf einmal sehr hinfällig und beinahe ohne Gewicht.

Zuerst legte sie sich dann doch hin, drückte das Gesicht ins Kissen, roch die Schwester, den Hauch eines ungewohnten Parfüms, setzte sich auf, zog die Knie an den Bauch, umschlang sie mit den Armen, schaute sich um, damit auch nichts vergessen sei, pfiff vor sich hin, spürte Tränen im Gesicht, die kamen, ohne daß sie weinte, sprang auf, ging im Zimmer auf und ab, zog Bücher aus der Reihe auf dem Regal, stapelte sie auf dem abgezogenen Bett, blätterte in beiden Heften, setzte sich schließlich an den Tisch, fand dort, unangetastet, Federhalter und Tinte – und schon hörte sie sich reden, nur konnte sie ihn noch nicht sehen, nicht einmal andeutungsweise.

Lieber Herr Doktor, Liebster,
mein Vater ist tot. Er hat sich aufgehängt. Ich bin nach Hause gekommen, das es nicht mehr lange geben wird, um meine Mutter zu trösten, die sich gar nicht trösten lassen will. Ich bin zu nichts nütze, aber ich lebe, und mein armer Vater ist tot.

Wie lange sind Sie schon fort. Eine ganze Ewigkeit. Sie haben mich sicher schon längst vergessen. Doch ich, Lieber, werde Tag für Tag an Sie erinnert. Selbst wenn ich Sie mir endlich aus dem Sinn schlagen wollte, kann mir das nicht gelingen. Holen Sie mich, Lieber! Schenken Sie mir ein zweites Leben. Dieses eine, das mir erlaubt wird, hat keine Zukunft, aber auch kein Ende. Ich weiß, ich flehe vergeblich, Liebster. Wenn Sie mich weiter so dulden, wenn Sie mich weiter verkommen lassen als Schweinemagd, werde ich Sie mit Haut und Haar beanspruchen. Ich werde Sie in meine Phantasie holen und Ihnen keine Ruhe lassen. Ich werde Sie lieben, bis Ihnen der Atem ausgeht. Ich werde Sie nicht mehr loslassen.

Im Moment lerne ich den Klassenkampf. Nur läßt mich kein Mensch kämpfen. Obwohl Eva, meine neue Freundin, und ich zu den Ausgebeuteten gehören, sieht das für den Genossen Direktor natürlich anders aus. Wir müssen umlernen. Das können wir am besten im Schweinestall oder auf dem Kartoffelacker. Liebster Herr Doktor, ich schreibe auf, was ich nicht denken darf. Vor meinen Genossen Plagegeistern muß ich das Heft also gescheit verstecken, und Sie bekommen den Brief sowieso nicht. Falls meine Gedanken Sie trotzdem erreichen, könnte ich Sie in meine Hütte einladen. Eine Hütte! Für mich, Moritz und Sie. Kein Mensch würde sich kümmern. Nein, da belüge ich Sie. Die ganze Gegend würde sich kümmern, das Maul zerreißen über unsere wilde und wunderbare Liebe. Nichts kann ich tun, keinen Schritt, ohne daß sie über mich wachen. Ich habe den übelsten Ruf von der Welt. Ich bin nicht bloß eine Hure, sondern eine, die sich auf Faschisten kapriziert hat.

Ach, Liebster, unschuldig bin ich geblieben, bis ich zum Pavel ins Bett gekrochen bin, und längst bin ich wieder zugewachsen. Keiner wird kommen, Sie bestimmt nicht. Bitte, rennen Sie mir bloß nicht aus meinen Gedanken fort, bleiben Sie! Ich bitte Sie inständig.

Eben habe ich einige Bücher gestapelt auf dem Bett, in dem ich nicht schlafen werde (was für ein Rätsel für Sie), und ein Gedicht von unserem Dichter Vítězslav Nezval gelesen. Die erste Strophe schreibe ich Ihnen ab:

Mähren gastliche Stätte
Zum grünen Baum

Trommeln Trompete Klarinette
Heimkehrende Ritter lassen von Zügel und Zaum.

*Für mich stimmt wenigstens zur Zeit nicht eine Zeile! Von
wegen gastliche Stätte! Um so lieber denke ich mir einen
Ritter, der Zügel und Zaum läßt und mir in die Arme fällt.
Fürs ganze Leben, liebster Herr Doktor.*
   Ihre Schweinemagd Božena.
                    (Geschrieben am 2. Februar 1949)

Zwei Tage lang waren sie geschäftig unterwegs in der Stadt,
in der sie kaum mehr ihre Sommererinnerungen unter-
brachte, die eine Winterstadt geworden war. Mit der Tram
fuhren sie zum Friedhof hinaus, bis zur Endstation, die einmal zu ihren großen Sehnsüchten gehört hatte: Maminka,
fahr mit uns bis dorthin, wo die Schienen enden. Nie
waren sie hingekommen.

   An Vaters Grab wurde es ihr schwindlig. Dabei hatte sie
sich vorgenommen, der Mutter unter die Arme zu greifen,
sie zu stützen. Nun kämpfte sie gegen eine Blutleere im
Kopf und taub werdende Glieder.

   Mutter umkreiste, sich bückend und wieder aufrichtend,
das Grab, putzte Schnee von den wenigen Sträußen und
Kränzen.

   Wie wir dagestanden sind, Helenka und ich und die beiden Nachbarn – und ein Mensch hat geredet, der mich vor
der Beerdigung zwei Minuten ausfragte –, wie wir dagestanden sind, ich sage dir, wie bestellt und nicht abgeholt.

   Sie gingen zwischen den Gräbern und achteten darauf,
in der schon getrampelten Spur zu bleiben.

   Eigentlich hätte er sich verbrennen lassen wollen. Nur
sind die Laufereien mir einfach zu viel geworden.

In der Tram saßen sie sich gegenüber. Als überraschte sie ein Gedanke, schüttelte Mutter den Kopf: Mir ist bis jetzt nicht aufgefallen, daß du ohne Moritz bist. Ist ihm etwas zugestoßen?

Ich hab ihn auf dem Hof gelassen. Anfangs hätten sie ihn am liebsten weggescheucht. Jetzt ist er aller Leute Liebling, und ich muß mich nicht um ihn sorgen.

Sie unterhielten sich in Schüben. Zwischen langen, stummen Pausen preßten sie Sätze, deren Echo sie dann nachlauschten.

Es könnte sein, ich ziehe bald in Onkel Bedřichs Hütte.

Ist das möglich? Bekommst du dafür tatsächlich eine Erlaubnis?

Vater sagte doch, sie ist mir vererbt.

Die Papiere kann ich dir heraussuchen.

Wenn du möchtest, Mutter, könntest du zu mir hinausziehen.

Möchte ich das? Sie gingen nebeneinander her, faßten sich, wenn es glatt wurde, unter. Am frühen Morgen verabschiedete sie sich von der Mutter.

Die Tasche war von den Büchern, die sie eingesteckt hatte, schwer. Es blieb ihr noch Zeit für einen Abstecher zum Domberg. Unter den drei Türmen verwandelte sich der Himmel: Das Licht wirbelte wie in dicken Flocken immer höher. Ihre Bank stand tief verschneit. Mitten auf dem Platz blieb sie stehen und ließ ihn um sich kreisen: Den Dom, die Kapelle, das alte Bischofspalais, den Bischof selbst und den kleinen kranken Mozart, der hier von den Pocken genas.

Moritz überschlug sich vor Glück. Eva hingegen empfing sie mit einem üblen Gerücht, an dem, wie sie betonte, etwas Wahres dran sein müßte: Die Regierung habe Lager für die Kollaborateure eingerichtet, in denen sie umerzogen werden sollten. Wenn uns das blüht, sagte sie, bemühe ich mich schon vorher um den Eintritt in die Partei.

Im Frühjahr verschwanden einige Frauen, ohne daß bekannt wurde, wohin. Vielleicht hatte man sie laufen lassen, trösteten sich die Übriggebliebenen, und sie mußten auch nicht lange auf Ersatz warten. Anscheinend werden wir jetzt erfunden, stellte Eva sarkastisch fest. So viele von uns Nazinutten kann es gar nicht gegeben haben.

Der Frühling riß den Häusern die Fenster auf. Es wurde wieder geteilt in Stall- und Feldarbeit. Manchmal, am Abend, saßen die Frauen im Hof, sangen, tanzten miteinander, doch nicht mit den Männern, die ihnen zusahen.

Seit Božena nicht mehr damit rechnete, in eines der Lager zu kommen, drängte sie wieder den Vorsitzenden, ihr den Umzug zu erlauben. Auf eigene Verantwortung, versicherte sie. Die könne sie nicht haben, bekam sie als Bescheid, in Betracht ihrer abscheulichen Vergangenheit. Dennoch erhielt sie die Erlaubnis, nachdem alle Gründe gegen den Umzug aufgetürmt waren und sie geschworen hatte, auf die Dauer in der Genossenschaft zu arbeiten. Und sich ein Fahrrad fand, das sie für den täglichen Weg zur Arbeit brauchte.

An den Abenden und wann immer sie frei hatte, radelte sie nun zum Häuschen an der Straße, wie sie es für sich nannte, lernte rasch den Rhythmus des Durchatmens und Aufschwingens, den die Hügel von ihr forderten, und Moritz, dem sie den langen Lauf nicht zutraute, schaffte sogar noch Abstecher in die Landschaft. Die neue Zuflucht gewährte ihr ein trügerisches Gefühl von Aufbruch und Freiheit. Das redete sie sich bald aus. Sie begriff, daß die Einsamkeit, in die sie ausgelassen flüchtete, nicht enden, sie mit der Zeit einschließen würde.

Die Kate befand sich in einem ruinösen Zustand. Es war ein Wunder, daß die Winterstürme sie nicht umgeblasen hatten. Auf den Möbeln lag eine fingerdicke Staubschicht. In allen Räumen stank es nach Aas. Sie stieß aber beim Säubern auf nichts als ein paar vertrocknete Mausbälger.

Was an Mobiliar fehlte, hoffte sie aus der Gerümpelecke in der großen Gutsscheune herausklauben zu können.

Manchmal sprang ihr Eva bei. Sie kümmerte sich vor allem um die Dekoration. So zauberte sie aus irgendwelchen Stoffresten aparte Vorhänge.

Einmal, sie knieten nebeneinander und fetteten den Boden ein, schlug Eva vor, das Häusel als Straßenpuff zu nutzen, da sie ja beide vom Fach seien. Boẑena lachte. Insgeheim erschreckte es sie, überhaupt in eine solche Vorstellung hineingezogen zu werden.

Aus dem benachbarten Dorf wurde sie mißtrauisch beobachtet, die Leute hielten auf Distanz, dachten nicht daran, ihr Rat und Hilfe anzubieten. Wahrscheinlich wußten sie längst über sie Bescheid. Ihr Ruf eilte ihr voraus. Wer dafür sorgte und wie es geschah, blieb ihr schleierhaft.

An einem stürmischen Tag im Juli zog sie um. Es regnete aus Kübeln. Der Wind spannte die Chausseebäume wie Flitzebogen, und rund um den Horizont näherten und entfernten sich Gewitter. Ihre Bücher, die Kleider, die »Briefe« hatte sie im Koffer verstaut, alles übrige, auch die Möbel aus der Scheune, war schon auf dem Pferdewagen und bedeckt von einer Plane.

Eva und sie waren naß bis auf die Haut, als sie sich auf den Wagen schwangen und dem Pferd die Zügel gaben. Božena lachte Eva zu, schob die Unterlippe vor, schlürfte den Regen, und Eva sprach aus, was sie dachten: Nackend sollten wir auf dem Bock sitzen, zwei Hexen, und unseren Neidern den Hintern zeigen.

Das sanft wellige Land dunkelte ein. Es schien, als franste es an den Rändern aus und löste sich in hastenden, schweren Wolken auf.

Moritz preßte sich in ihrem Rücken an den Wagenrand und bellte nicht einmal, als sie vor der Kate hielten, Božena auf dem morastigen Pfad zur Tür lief. Ohne einen Laut von sich zu geben, sprang er vom Wagen, schoß durch den Dreck an Božena vorbei ins Haus, ließ eine breite Spur hinter sich.

Moritz! Die Hütte würde sich an diesen Ruf gewöhnen. Er würde über Tage der einzige Laut, das einzige gesprochene Wort bleiben.

So rasch es ging, schleppten sie die Möbel ins Haus, Stellagen, Stühle, einen Tisch und einen alten Ofen samt Rohren.

Eva drehte die Bremse am Wagen fest. Sonst trabt das Roß ohne uns nach Haus.

Moritz wich ihrem Gekicher, ihrer Unruhe und Planlosigkeit aus, in eine Nische zwischen Tür und Herd, und hatte seinen Platz gefunden.

Ich laß dich allein, Božena. Ich geh.

Warte doch, bis der Regen aufhört.

Er wird nie enden. Es ist der Anfang der Sintflut.

Also bleib.

Gewöhn dich lieber an dich, Božena.

Eva drückte sie an sich, küßte sie auf Stirn, Wangen und

Hals und zuletzt mit einer Heftigkeit, die Božena überraschte, auf den Mund. Ruf dir ein Mannsbild aus einem deiner Bücher, und verbring mit ihm hier die erste Nacht, in diesem Häuschen.

Božena konnte ihr gar nicht folgen, so schnell war sie draußen, im Regen, auf dem Wagen. Bis morgen! richte dich ein! Moritz wird auf dich aufpassen. Im Trab verschwanden Pferd, Wagen und Kutscherin hinter einem Wasservorhang.

Sie zündete eine Kerze an, schob den Tisch in die Mitte der Stube, stellte fünf Stühle um ihn herum, setzte sich, hörte den Regen rauschen, trommeln, schauderte zusammen, begann sich auszuziehen, erst im Sitzen, dann im Stehen, lief nackt durchs Zimmer, fischte aus dem Koffer ein Kleid, zog es sich über die bloße Haut, stellte eines der Bücher nach dem andern auf das windschiefe Regal, das zuletzt die Hühner der Scheune als Treffpunkt benutzt hatten, schob die beiden Hefte zwischen Březina und Hašek. Bis sie dem Herrn Doktor berichten würde, brauchte sie Zeit, sich einzuleben.

Ohne ein Buch mitzunehmen, ging sie wieder zum Tisch, setzte sich, legte die Hände flach auf die Platte, schloß die Augen und begann, sich im Alleinsein zu üben. Noch nie hatte sie bisher allein gelebt und noch nie in einem Zimmer, in einem Haus, allein geschlafen.

Um der Nacht wenigstens für ein paar Stunden zu entkommen, wurde sie noch einmal, wenngleich mit Atempausen, betriebsam, sie putzte den alten Küchenherd, stellte Wasser auf für den Tee, ärgerte sich, die Butter vergessen zu haben fürs Brot, überzog das Bett, dessen zerschlissene Matratzen sie in den letzten Tagen unausgesetzt gelüftet hatte. Sie stanken, als hätten sie in einer Gruft gelegen.

Moritz schob sie einen Kartoffelsack unter; er sollte es bequem haben.

Sie trank Tee, aß trockenes Brot dazu. Eine Weile umkreiste sie den Tisch. Dann schaute sie aus einem der Fenster, lauschte dem Regen und sah ihn nicht.

Sie ließ Wasser ins Lavoir, stellte es auf einen Holzschemel, zog sich das Kleid über den Kopf und seifte sich ein. Es duftete. Sie hörte sich, ihren Atem, die walkenden, reibenden Hände auf der Haut.

Moritz durchquerte das Zimmer. Er hatte Durst. Es ging ihr durch Mark und Bein, als er den Tropfen von ihrer Wade leckte. Läßt du das bleiben, du nichtsnutziger Köter.

Er fuhr zurück, setzte sich, beobachtete, wie sie sich abtrocknete, ins Nachthemd schlüpfte, den letzten Schluck Tee trank, die Kerze vom Tisch zum Kasten neben dem Bett trug, ihn erschreckte, weil sie unvermittelt kehrtmachte, zur Tür lief, den Schlüssel herumdrehte, langsam, in Gedanken, zurückkam, sich hinlegte, gute Nacht, Moritz, sagte, den Hund in sein Eck scheuchte, geh schlafen, Moritz, und verbring sie gut, die erste Nacht.

Als er es sich schon bequem machte, fragte sie leise: Kannst du mir nicht auch etwas wünschen, du blödes Vieh?

Hast du geträumt? fragte Eva am nächsten Morgen, als sie zum ersten Mal mit dem Rad zur Arbeit gefahren kam, den glücklichen Moritz neben sich. Von einem Mann? Von einem Deutschen?

Nein. Sie sagte die Wahrheit. Sie konnte sich tatsächlich an nichts erinnern. Kein Bild. Ich bin ein paar Stunden tot gewesen, sagte sie. Womit sie Eva aufbrachte: Das stellst du dir so vor, meine Liebe, du wirst leben und leben. Ihre wütende Kraft sprang auf sie über.

Im Herbst wurde Eva ohne jegliche Vorwarnung versetzt. Zwei Männer holten sie ab, Zivilisten, deren Freundlichkeit sie frieren machte. Sie wollten Eva sogar beim Pakken helfen, bedauerten Božena, ihr die Freundin entführen zu müssen. Sagten kaltschnäuzig oder dumm: Entführen.

Mach mir bloß keinen Zirkus! Eva band das Kopftuch zu einem Turban, zog sich die Haare in die Stirn, richtete sich in ihrer ganzen Größe auf, überragte ihre beiden Wächter, strahlte und ist schon weit weg. Heulen kannst du, wenn ich fort bin. Oder überlaß es Moritz. Das hört sich wenigstens nach etwas an.

Sie küßten sich. Božena stöhnte vor Schmerz auf, als Eva ihr in die Unterlippe biß, in einer Art wütender und unausgesprochener Liebe.

Sie schaute ihr nicht nach, lief in den Stall, hörte das Auto abfahren, preßte erst die Faust, danach ein Taschentuch auf die Lippe, die nicht aufhörte zu bluten.

Einer der Männer behauptete, sie sei in eines der Umerziehungslager gekommen, weil sie als schwerer Fall betrachtet werde. Sie habe es mit deutschen Offizieren auf dem Fliegerhorst Brünn getrieben.

Was für ein Unsinn. Sie wehrte sich. Diese Kerle erzählten von einer Eva, die es ebensowenig gab wie die Božena, der sie übel nachredeten.

Einmal, als sie später zurückkam von der Arbeit – sie hatten sich noch um den Vorsitzenden versammeln müssen –, fand sie einen Zettel an die Tür geheftet. Ohne ihn schon gelesen zu haben, wußte sie, daß er keine freundliche Botschaft von nebenan enthalten würde. Sie las: Du Nazinutte, du billiges Flittchen. Du kommst uns nicht aus.

Nun fehlte ihr Eva. Die Botschaft konnte sie niemandem sonst im Betrieb zeigen. Sicher hätten die anderen, die mit ihr auf das Gut verbannt worden waren, Verständnis, nur wußten sie zu wenig von ihr. Und die Verwalter, die Genossen, teilten mehr oder weniger die Meinung des anonymen Schreibers.

Die Kate wurde von Tag zu Tag wohnlicher.

Es konnte vorkommen, daß sich Moritz ihr morgens nur noch unwillig anschloß. Komm, Moritz, komm, du kannst dich dafür den ganzen Tag auf zu Hause freuen.

Die Einsamkeit provozierte sie zu Selbstgesprächen, worin sie – da sie sich tatsächlich zuhörte – zu einer witzigen Virtuosität gelangte. Allerdings fürchtete sie, sich auch in der Gegenwart anderer und bei der Arbeit nicht mehr beherrschen zu können, darum fiel sie sich ständig ins Wort und erstickte die eigene Rede.

Es verging beinahe ein Jahr, bevor sie sich endlich die Zeit nahm, dem Herrn Doktor zu schreiben. Da tat sie es nicht einmal vorsätzlich, sondern aus einer Laune, aus einer unbeherrschten Begierde, jemanden zu spüren. Sie schrieb zwei Briefe hintereinander, in wechselndem Tonfall. Manchmal wurde ihre Stimme im Kopf so laut und leidenschaftlich, so stark von Vorwürfen, daß ihr die Schläfen zu platzen drohten.

Liebster Herr Doktor,
es ist ein Wunder geschehen: Ich habe ein Haus, eine Hütte für mich allein. Nach der Arbeit kann ich mich zurückziehen, natürlich mit Moritz. Also stimmt es mit meinem Alleinsein nicht ganz. Ich lebe mit einer Kreatur, die mir nah sein will, die mich liebt. Das nehme ich wenigstens an. Ihr fehlt aber die Sprache.

Morgens um halb sechs radle ich los, bei jedem Wetter, und wenn ich nach der Arbeit nicht aufgehalten werde, bin ich abends gegen sieben zuhaus. Inzwischen habe ich alle Jahreszeiten ausprobiert. Im Winter dichte ich die Fenster sogar mit Lumpen ab, denn das Holz für den Ofen muß ich mühsam sammeln. Ein schmales Deputat bekomme ich außerdem von der Genossenschaft; das transportiere ich in kleinen Portionen mit dem Rad.

Für den Sommer, liebster Herr Doktor, habe ich mir eine Terrasse hinter dem Haus gebaut, mit dem Blick über die Felder und zum Dorf. Hier, an diesem Tischlein, befinde ich mich im Moment. Eine Kerze gibt mir Licht, nicht das beste, so daß ich mich frage, ob ich meinen Brief morgen werde noch lesen können. Wegen Ihnen muß ich mich nicht sorgen. Sie lesen höchstens Gedanken. Meine bestimmt nicht mehr. Oder doch? Fall ich Ihnen hin und wieder noch ein?

Haben Sie je ein Käuzchen gehört? Wie schnell ich mich umstellen kann. Mit dieser Frage gehe ich wenigstens mir nicht mehr auf die Nerven. Mir fällt, wenn der Kauz ruft, die Schulgasse ein, diese Steinschlucht mit den gemauerten Bögen, die die alten Häuser auseinanderhalten. Nicht daß ich dort ein Käuzchen gehört hätte. Aber ich finde, es ist eine Kauzgasse. Liebster Herr Doktor, neuerdings kommen hier immer häufiger Autos vorbei. Darum habe ich meine Tür mit einem festen Schloß ausgerüstet. Ich habe wenig Vertrauen zu den Leuten. Es sind Jahre vergangen, und ich lebe wie eine Nonne. Die Genossen wachen über meine Schritte.

Wahrscheinlich werde ich mit den Jahren verrückt und werde gar nicht merken, was mir angetan wird. Es kann nicht nur an mir liegen. Der Mensch hat ein ausgezeichnetes Gedächtnis, wenn er anderen eine Gemeinheit nachtragen kann. Wissen Sie, worauf ich gekommen bin, liebster Herr Doktor? Es handelt sich gar nicht um dein oder mein Gedächtnis, sondern um ein allgemeines. Was mich natürlich *nicht tröstet. Immerhin komme ich mit meinen Grübeleien zu Einsichten.*

Der Kauz ruft wieder. Ich kenne seinen Baum. Ich schaue zu ihm hinüber. Moritz hat sich in die Hütte getrollt. Heute ist er müder als ich. Gute Nacht, liebster Herr Doktor. Verschwenden Sie heute oder morgen einen, nur einen Gedanken an mich.

Ihre Schweinemagd und Erdäpfelhackerin Božena.

(Geschrieben am 5. August 1952)

Geh fort. Ich kann Dich nicht brauchen, Liebster. Vorher habe ich mich gewaschen und Dich geliebt. Ich habe meinen Leib gerieben, meine Brüste, den Bauch, der sich spannte, die weiche Innenhaut der Schenkel. Ich habe an Dich gedacht, doch Dich nicht festhalten können. Jetzt laufe ich nackt im Zimmer umher und will Dir gefallen.

Liebster Herr Doktor, ich nehme mir viel heraus. Ich weiß. Ich habe Sie schockiert. Im übrigen habe ich es aufgegeben, Sie mit einem Ort zu verbinden. Mit Köln oder Frankfurt oder München. Irgendwo werden Sie sich angesiedelt haben und ein erfolgreicher Advokat sein. Für mich können Sie nur in Olmütz leben, zwischen der Wassergasse und der Schulgasse. Im vergangenen Monat bin ich zweiunddreißig Jahre alt geworden. Kein Kind mehr, Herr Doktor.

Božena.

(Geschrieben am 5. August 1952)

Von Mutter hörte sie, daß sie sich in dem zugewiesenen Zimmer in Olmütz kreuzunglücklich fühle und plane, nach Prerau zu ziehen, zu ihrer Schwester, die damit auch einverstanden sei. Da werde sie öfter zu Besuch kommen und nach dem Rechten sehen.

Was auch geschah.

Sie redete und redete, erzählte von Vater, als lebe er noch, wußte Bescheid über Helenka und ihren Bräutigam und verblüffte sie mit der Mitteilung, daß Karel immer wieder einmal nach der Hütte gesehen hatte. Ohne sie ein einziges Mal zu besuchen. Sie stellte alles auf den Kopf, putzte, brachte durcheinander, beglückte Moritz, der nun auch tagsüber bleiben durfte und Božena nicht zur Arbeit begleiten mußte. Zu lang hielten sie es miteinander nicht aus.

Du kannst schon nicht mehr mit anderen leben, stellte Mutter fest. Du bist abwesend, Božena, auch wenn du mit mir am Tisch sitzt. Wie soll das werden, eine junge Frau wie du.

Im Winter wurde Božena, womit sie nicht gerechnet hatte, befördert. Der Vorsitzende rief sie zu sich, während der Stallarbeit, und verwandelte mit einem Satz die Schweinemagd in ein Bürofräulein. Er habe das Einverständnis von der Parteileitung. Sie kenne den Betrieb. Ihm fielen die Schreibereien schwer. Du hast studiert, Božena.

Ich hab ein Studium angefangen, erwiderte sie. Das ist vierzehn Jahre her.

Danach bist du als Sekretärin tätig gewesen. Er sparte den Herrn Doktor einfach aus, überging den Grund für ihre lebenslange Strafe, nur weil sie ihm nun nützlich sein konnte.

Am Abend, zu Hause, holte sie sich Moritz auf den Schoß und schüttelte ihm ihr Herz aus: Moritz, sei stolz auf mich. Ich werde bald nicht mehr nach Schweinestall stinken. Unser Genosse Vorsitzender hat mich befördert. Plötzlich, weil er es nötig hat. Weil er in der Verwaltung schlampt und möglicherweise zur Rechenschaft gezogen wird, sucht er meine Hilfe. Und hör her, Moritz, ihm ist auf einmal gleich, was ihm die ganze Zeit nicht gleich sein konnte und durfte. Was soll ich tun? Ich werde Briefe schreiben, die Buchführung besorgen, die Launen des Genossen Vorsitzenden aushalten und nicht einen Moment vergessen, was ich für ihn wirklich bin: Eine Faschistennutte.

Moritz sprang ihr vom Schoß; er hatte genug gehört.

Sie achtet mehr auf ihre Kleidung als bisher und braucht morgens etwas länger, um sich zurechtzumachen. Sich einzuarbeiten bereitet ihr keine Mühe. Bald kennt sie sich aus in realen und vorgegebenen Zahlen, in der Rechenstrecke zwischen Plan und Wirklichkeit. Sie hält Kontakte zu anderen Genossenschaften, formuliert Briefe, die der Vorsitzende unbesehen unterschreibt. Mit einem Mal hat sie Macht und weiß sich ohnmächtiger denn je zuvor, da alle auf dem Gut ihre Geschichte kennen oder sie zu kennen glauben. Und jeder könnte, wann immer sie ihre Macht ausnutzte, sie mit einem Wort stoppen und stürzen. So wahrt sie die gegebenen Verhältnisse, bringt nichts aus dem Lot und spart sich selber aus.

Mit den Jahren sieht sie Verwalter und Ingenieure, Arbeiterinnen und Arbeiter kommen und gehen. Sie bleibt an ihrem Platz, und die anderen, die neuen und die alten, bewahren ihre Geschichte im Gedächtnis.

Den zweiten Moritz überfährt ein Traktor, als er sich auf dem Hof in der Sonne einrollt und schläft. Den dritten Moritz entdeckt sie, dem zweiten, der sie in ihre Verbannung begleitet hat, ungehemmt nachtrauernd, in einem Wurf junger Mischlinge auf dem Gut: Einen dickfelligen Wolfspitz, den sie eine Weile in einer Tasche zwischen Hütte und Gut transportiert, bis er, wie der andere Moritz auch, neben dem Rad herläuft, im Winter mit dickem Fell, im Sommer mit hängender Zunge.

Helenka schickt aus Brünn eine Karte, auf der sie die Geburt eines Sohnes anzeigt. Václav heiße er, wie sein Vater, geboren im November 1957.

Die Brüder bleiben stumm und fern. Mutter stirbt, gepflegt von ihrer jüngeren Schwester, im Juli 1962. Božena fährt für drei Tage nach Prerau. Die Sonne brennt rachsüchtig, so daß sich Schweiß und Tränen mischen, und es staubt, als sie mit der kleinen Schaufel Erde ins Grab wirft. Hinter ihrem Rücken, ihrem schwarzen Rücken – sie hat eine Bluse von Mutter anziehen müssen –, hört sie eine Frauenstimme sagen: Das ist sie. Sie strafft sich, schon nicht mehr aus Abwehr, sondern aus Stolz. Ja, das ist sie.

Ein paar Wochen später, der Sommer gab nicht nach, meldete sich ein junger Ingenieur zur Arbeit, Zdenek Svoboda.

Zuerst beachtete sie ihn kaum. Er brachte ihr seine Papiere, hielt sich nicht lange auf, redete nicht, trug seine Verlegenheit zur Schau und ging wieder. Doch er hinterließ eine ihr nicht geheure Unruhe, etwas, das unter die Haut ging, eine leise, gefährliche Sensation.

Aus seinen Personalpapieren erfuhr sie, daß er 1936 in Brünn geboren sei, dort studiert habe, der Partei angehöre. Die wenigen Angaben ließen auf ein freundliches, unbehelligtes Leben schließen.

Sie ging dem Jungen aus dem Weg, fand sich dabei lächerlich in ihrer Angst, die keinen Grund hatte als ein unbestimmtes Gefühl. Manchmal ertappte sie sich, daß sie ihn selbstvergessen beobachtete – wenn er in der Kantine einen Platz suchte oder bei den Gruppenbesprechungen mit dem Vorsitzenden. Er hielt sich nicht zurück, mischte sich ein, machte Vorschläge und wirkte dennoch nicht aufdringlich oder wichtigtuerisch. Unwillig gestand sie sich ein, daß er sie anzog: seine schlaksigen Bewegungen, sein von der Sonne verbranntes Gesicht, in dem sich die Haut in den Augenwinkeln fältelte und auf Backen, Kinn und Hals immer schwarze Bartstoppeln standen.

Ab und zu drang er schon in ihre Träume ein, mit allen Mitteln versuchte sie ihn auszusperren, indem sie bis zur Erschöpfung las, dem dritten Moritz, der lerngieriger war als sein Vorgänger, Kunststücke beibrachte oder den Herrn Doktor zu ihrem Schutz anrief. Aber der Junge, oder die Gedanken an ihn, wurden von Mal zu Mal stärker und in den Träumen kühner. Immer häufiger fuhr sie erregt und aufgebracht aus dem Schlaf und schaffte es nur mühsam, sich zu beruhigen. Sie hatte, das war ihr klar, schon seit Jahren auf einen Kerl wie diesen gewartet, nicht sie, wenn sie bei klarem Verstand war, ihr Unterbewußtes, ihr Körper. Nun war er erschienen, und sie kam nicht mit ihm und sich zurecht. Vielleicht, weil sie sich um ihre Erinnerung an den Herrn Doktor sorgte. Die durfte durch nichts einen Schaden nehmen.

Sie gab dennoch nach. Morgens prüfte sie ihr Aussehen im Spiegel, übergoß sich mit eisigem Wasser, straffte die Haut, schminkte sich vorsichtig, wusch sich häufiger denn je das Haar und erklärte sich im Spiegel und Moritz, der ihr lauschte, daß sie, ein altes Weib von zweiundvierzig Jahren, völlig außer Rand und Band geraten sein muß, einen um sechzehn Jahre jüngeren Buben zu begehren.

Laß dich nicht bitten, Moritz.

Sie radelte früher zur Arbeit, um Zdenek schon möglichst früh am Tag über den Weg zu laufen.

Nimm mir meine Albernheiten nicht übel, Moritz, rief sie dem Hund vom Rad zu, ich hole meine Jugend nach, ein wenig verspätet.

Das fiel sogar dem Genossen Vorsitzenden auf. Mir scheint, Sie werden jünger von Tag zu Tag, Fräulein Božena.

Wenn es nur so wäre. Sie lachte, sie dachte, das müßte auch der Junge merken. Der Junge, dachte sie. Nicht Zdenek, so weit wagte sie sich noch nicht.

Kam er in ihr Büro, wechselten sie ein paar freundliche Worte. Seine Stimme hallte in ihr nach.

So schön bin ich nicht, um ihm aufzufallen, sagte sie sich. Ich bin zu alt für ihn.

Aber ich fühle mich jung, beruhigte sie sich.

Wahrscheinlich haben sie ihm schon gesteckt, woher ich komme und was ich bin, beunruhigte sie sich.

Sie sah ihn auf dem Hof, eine der Maschinen inspizierend, lief hinunter, mit wehendem Rock an ihm vorüber, etwas zu schwungvoll, und er schaute nicht einmal auf.

Sie hörte ihn auf dem Gang vor dem Büro, riß die Tür auf, war sich nicht schlüssig, ob sie die Tür wieder schließen oder ob sie das Zimmer verlassen und an ihm vorbei sollte. Er murmelte einen Gruß, unterhielt sich weiter, sie machte langsam die Tür zu. In der Kantine setzte sie sich an seinen Tisch, er unterbrach nicht einmal das Gespräch mit seinem Gegenüber, nickte ihr erst zu, als er das Essen beendet hatte und ging.

Je deutlicher ihr seine Gleichgültigkeit wurde, um so heftiger sehnte sie sich nach ihm. Sie ließ nicht nach. Moritz und der Herr Doktor mußten darunter leiden, sie sparte sie aus ihrer Phantasie aus, sie wurden nicht mehr angesprochen, befragt oder beschuldigt. An ihre Stelle trat ein schlichtes Du, das allmählich einem Namen, Zdenek wich. Bald besprach sie alles mit ihm, zum Leidwesen von Moritz, der nun ungebeten seine Kunststücke vorführen mußte, um nicht völlig von ihr übersehen zu werden.

So hielt sie, im Unglück ein Glück erhoffend, den Herbst durch und begann, ohne daß sich die Lage geändert hatte, den Winter.

In ihrer Verzweiflung ließ sie ihre Gedanken so wütend und werbend laufen, daß sie gegen ihn anrannte, er sie fühlte und er Božena auf einmal anders ansah. Das geschah nicht bei einer Versammlung oder einem der Geburtstagsfeste, die meistens in einem allgemeinen Rausch endeten; auch nicht bei ihr im Büro. Sie konnte sich nicht darauf einstellen, wurde überrumpelt.

Die ersten Flocken fielen. Moritz schnappte in tollkühnen Sprüngen so viele wie möglich. Sie überquerte den Hof, lief zur Scheune, um ihr Rad zu holen. Die Flocken setzten sich auf ihre Backen. Sie hielt an, hob das Gesicht, schloß die Augen, genoß die kurze Spanne, bevor der Schnee auf der Haut taute. Schneeleben, dachte sie, sagte sie, und ihr Herz blieb ihr fast stehen, als eine große schwarze Handschuhhand sich vor ihre Augen legte.

Nicht, bat sie, griff nach der Hand, versuchte sie wegzuziehen, was ihr nicht gelang. Wer ist denn das? fragte sie. Der Mann mußte größer sein als sie und kräftig. Sie bekam keine Antwort. Bitte, sagte sie, ich muß nach Haus. Es braucht eine Zeit, bis ich die Stube warm bekommen habe.

Soll ich Ihnen dabei helfen?

Es ist seine Stimme, wie immer etwas belegt und schleppend.

Nun konnte sie sich ohne weiteres dem Griff entwinden, noch mit dem Rücken zu ihm fragen: Helfen?

Ja. Warum denn nicht?

Heftig, gegen ihre Angst, kehrte sie sich um, schaute ihm ins Gesicht, stand hautnah vor ihm, hörte sich sagen: Also wissen Sie, heizen, Holz oder Briketts auflegen, das kann ich im Schlaf.

Die Falten um seine Augen sprangen zusammen, wurden tiefer: Um so besser, dann können Sie es mir beibringen.

Warum wollte sie jetzt weglaufen? Warum fiel ihr jetzt besonders ins Auge, wie jung er war?

Wollen Sie mit Moritz neben dem Rad herrennen?

Warum nicht? Aber ein Rad wird sich finden, keine Sorge.

Es fand sich wie von selbst, stand neben dem ihren, als hätte er sich auf die Tour vorbereitet.

Moritz, rief sie. Sie blickte sich nicht um, als sie losfuhr. Er würde ihr folgen, er mußte es, schließlich war es ihr gelungen, so lange eine Geschichte auszudenken, bis er gar nicht mehr anders konnte, als in sie hineinzukommen.

Der Weg war gefroren, Wagenräder hatten sich tief eingekerbt, und manchmal bedurfte es artistischer Fähigkeiten, die Spur zu halten. Sie hörte seinen Atem. Ab und zu fluchte er vor sich hin. Sobald sie die Straße erreicht hatten, fuhr er neben ihr, wie sie über den Lenker gebeugt, in das Schneetreiben blinzelnd.

Zuletzt ist sie mit Eva so unterwegs gewesen. Moritz, rief sie. Der Hund erlebte seinen ersten Winter und vergaß, von einer Überraschung zur andern jagend, den Weg, dem er folgen mußte. Aus allen Himmelsrichtungen tauchte er auf, verbellte Schneeflocken, Baumstümpfe, Krähen, alles, was noch, durch den Schnee verwandelt, ungewohnt und gefährlich erschien.

So fängt diese Geschichte an, dachte sie. Und wie würde sie enden?

Wortlos folgte er in die Hütte, sah sich prüfend um Božena bat ihn, sich zu setzen. Einen bequemen Sessel oder ein Sofa besitze sie leider noch immer nicht. Sie zündete Kerzen an, wanderte mit ihnen im Zimmer herum, verteilte sie, schob mit dem Licht die Finsternis wie Mulm in die Ecken. Moritz, erleichtert, wieder Vertrautes um sich zu haben, machte Männchen und schlug Purzelbäume. Spring! feuerte ihn der junge Mann an, und der Hund führte ihm eine Kaskade von Überschlägen vor.

Haben Sie ihm das beigebracht? fragte er und erschreckte Božena, die vor dem Ofen kniete, Holz auf Papier schichtete und nicht damit gerechnet hatte, daß er sie ansprechen werde.

Ja. Wir beiden haben viel Zeit füreinander.

Sie hörte seine Schritte; spannte den Rücken gegen ihn. Er durfte sie jetzt nicht berühren, anfassen. Noch nicht, er mußte ihr Zeit lassen, aus der Phantasie zu gelangen und in der Wirklichkeit zu üben. Denn, das begriff sie, zwischen phantasierter und realer Liebe gab es keine Brücke.

Er kauerte sich neben sie, schob sie mit der Schulter vorsichtig zur Seite und blies ins Feuer.

Das müssen Sie bei diesem Herd nicht. Sie drückte ihn mit der Schulter zurück. Der zieht gut durch. Nicht ganz ohne Mühe richtete sie sich auf.

Er blieb auf dem Boden sitzen. Da sei es am wärmsten, und er rühre sich erst, wenn er ihr helfen könne, sie ihn rufe. Eigentlich müsse er zurückradeln. Es sei dunkel, der Weg miserabel.

Dunkel sei es auch noch in zwei Stunden, der Weg nicht besser geworden, und vielleicht habe es dann aufgehört zu schneien.

Da habe sie unwiderlegbar recht.

Sie werde jetzt das Abendessen richten.

Aber nicht übertreiben, bitte.

Da müßten ihre Vorräte anders ausschauen.

Sie redeten gar nicht miteinander, sondern aneinander vorüber. So, als wollten sie sich wenigstens noch eine Weile schonen.

Könnten Sie mir ein bißchen Platz machen. Ich kann mich vorm Herd kaum bewegen. Er rutschte, den Buben spielend, auf dem Hosenboden vom Herd weg. Vielleicht ist er doch ein Lümmel, sagte sie sich und fühlte sich bei dieser Einschätzung keineswegs unglücklich. Er wäre immerhin ein Lümmel nach ihrem Geschmack.

Unter seinen Blicken spürte sie jede ihrer Bewegungen, während sie zwischen Anrichte und Herd hin- und herlief, spürte ihren Körper, ihr kam es vor, als fülle er sich allmählich mit Wärme auf. Sie mußte auf der Hut sein, durfte sich nichts vergeben. Schließlich war sie, was er niemals merken durfte, in einer solchen Liebe ungeübt, und ihre phantastische Beziehung zu dem Herrn Doktor durfte auf keinen Fall verletzt werden.

Können Sie singen, Frau Božena?

Wie kommen Sie darauf? Hat er sie mit dieser Frage absichtlich aus dem Rhythmus bringen wollen?

Ihre Stimme hört sich so an, als könnten Sie singen.

Nein. Vielleicht hatte sie zu barsch reagiert. Doch sie wollte verhindern, daß er sie aufs Eis ziehe, mit ihr spielte.

Ohne weiter auf ihn einzugehen, deckte sie den Tisch (für zwei! für zwei! sagte sie mit einer Mädchenstimme, die der Junge nicht hören durfte, in sich hinein), trug auf, goß Sliwowitz in zwei Gläser, kauerte sich neben ihn hin, ohne ihm zu nah zu kommen, reichte ihm ein Glas, und er kam ihrem Prosit mit einer Frage zuvor: Auf was wollen wir anstoßen, Genossin Božena?

Wollen Sie es mir sagen, Genosse Zdenek? Das könnte

der Ton sein, der ihre Musik machte, auf ihn könnten sie sich einhören und mit ihm sich vor ihm schützen.

Haben Sie denn gar keine Idee, Genossin?

Doch, Genosse Zdenek.

Er beugte sich, großes Interesse heuchelnd, ihr entgegen: No, sagen Sie's schon, Genossin?

Auf die Republik, rief sie und hob das Stamperl.

Auf die auch, Genossin. Er stieß mit seinem Gläschen gegen das ihre, kam ihr mit dem Gesicht so nah, daß sein Atem sie traf. Und? fragte er, nippte, schaute sie abwartend an.

Und auf uns, Genosse, sagte sie leise, legte den Kopf in den Nacken, kippte den Schnaps hinunter, atmete den Zwetschgenduft ein.

Moritz hatte sich zu ihnen gesellt, denn sie hatten sich auf seine Höhe begeben, und diesen seltenen Vorteil nutzte er aus.

Lassen Sie dieses alberne Genossin bleiben, Genosse. Wie eine Ballerina schnellte sie hoch. Kommen Sie, wir können essen.

Ich bin bereits unterwegs, Frau Božena. Er schob ihr den Stuhl zurecht.

Schon besser, fand sie. Und schenkte ein zweites Mal ein.

Ich werde das Rad schieben müssen, stellte er ironisch fest, nickte ihr zu, trank in einem Schluck.

Oder Sie werden mehr fliegen als radeln.

Ich werd's versuchen.

Nehmen Sie sich, seien Sie nicht so bescheiden.

Sie wechselten lauter kleine Worte, Sätze, die zu leicht wogen für jede Erinnerung.

Erstaunlich, wie rasch der Herd das Häuschen wärmt.

Er ließ seinen Blick wandern, von Lichtkreis zu Lichtkreis.

Sie haben eine Menge Bücher.

So viele sind es auch wieder nicht. Ich lese gern.

Ich kaum. Ich komme nicht dazu.

Das sagt ihr alle, Genosse Zdenek, weil ihr euch fürchtet vor der Poesie.

Ich bitte Sie, Genossin Božena, vergessen Sie den Genossen, wenigstens hier in der Hütte.

Mit der Gabel malte sie ein Ausrufezeichen in die Luft. Und sobald Sie mein Häusel verlassen haben?

Da war sie schon einen Schritt zu weit gegangen. Nun zog er es vor, schweigend zu essen, den Blick nicht vom Teller zu heben, und da dieser Einbruch von Stille überraschend kam, nahm Moritz den Faden auf, setzte die Unterhaltung fort, brummte und jaulte, plazierte sich neben Božena, erwartete ein Wort von ihr.

Hab dich nicht so, Moritz, sagte sie und kraulte ihm den Kopf.

Wir werden so sitzen, dachte sie, bis der Morgen graut. Wir werden uns nicht von den Stühlen wagen, aus Furcht vor dem, was wir voneinander wissen und nicht wissen, denn ich weiß nichts von dem Jungen und alles.

Solche Gedanken schlug er ihr prompt aus dem Kopf: Woran denken Sie? Und war darauf aus, sie zu verwirren. Sie schaffte es, ihm Paroli zu bieten mit einer zweisilbigen Wahrheit: An uns.

Darauf war er nicht gefaßt. Er lehnte sich zurück musterte sie ernst, beinahe erschrocken. Es schien ihr, als seien seine nur zart gezeichneten Augenbrauen in die Höhe gerutscht, wie auf einer komischen Maske.

Ja, an uns.

Sie legte ihre Hände neben den Teller, so, wie es ihr die

Eltern beigebracht hatten, und was sie sah, waren nicht nur die saustallgeprüften Hände einer Magd, es waren alte Hände, auf deren Rücken die Adern in blauen Wülsten liefen und auf deren Haut sich kleine braune Flecke ausbreiteten.

Sie stand auf, räumte ab, ließ nur die Gläser stehen und die Flasche.

Noch ein Glas, und das Feuer im Herd kann ausgehen.

Wieder auf sie eingestimmt, sprach er ihr nach: Noch ein Glas, und mein Fahrrad braust durch die Luft.

Sie prosteten einander zu. Er kippelte mit dem Stuhl, bewegte seine langen Beine, ließ sie nicht mehr aus den Augen.

Alles wurde schneller, die Gedanken, Bewegungen, Wünsche.

Sie standen miteinander auf, als gehorchten sie einem Befehl, lachten gleichzeitig, noch aus Verlegenheit, über deren Schwelle sie zusammen sprangen, standen voreinander, kamen sich nah, spürten sich im voraus, kosteten die Spannung aus, den schneller werdenden Atem und die in die Haut steigende Hitze, legten die Stirnen aneinander, spiegelten sich in den Augen des andern, wurden zum Staubkorn, zur Welt, und da sie aus der Zeit gefallen waren, dauerte es eine weitere Ewigkeit, bis sie in einem Kuß ohne Ende vergaßen, daß sie sich in einer erbärmlichen Kate befanden, eine alternde Frau und ein junger Mann, und eine unmögliche Liebe versuchten.

Komm, sagte er.

Und heute habe ich, als ich ging, mein Bett nicht in Ordnung gebracht.

Sei nicht komisch, sagte er.

Das bin ich aber, sagte sie.

Zieh dich aus, sagte er.

Ich bin schon dabei, sagte sie.

Sie redeten, lachten, kicherten, horchten ernst und selbstverloren auf ihren Atem; es beschwingte sie, ihm gewachsen zu sein, mehr zu wissen als er.

Nicht für immer, flüsterte sie mitten in der Nacht, doch für eine Weile, wenigstens für eine Weile.

Was meinst du?

Nichts. Kümmere dich nicht drum, Junge, ohne Unsinn komme ich nicht aus.

Bitte, nenne mich nicht Junge. Er zog sie an sich, streckte sich an ihr, machte sich groß, wuchs ihr unter die Füße und über den Kopf. Ich bin ein paar Jahre jünger als du. Das ist alles.

Und ich, sie drückte ihren Kopf unter sein Kinn, und ich bin ein altes Weib.

Er widersprach ihr nicht, kroch ihr unter die Haut und rieb ihr die Jahre aus.

Der Schlaf nahm sie dann so weit fort, daß sie nicht aufwachte, als er ging. Dabei hatte er sie vorgewarnt. Er müsse vor der Arbeit auf dem Gut sein, denn Geschwätz könnten sie beide nicht brauchen, dem wolle er vorbeugen. Sie hätte ihm erklären können, was er ohnehin dachte: Daß dies unmöglich sei, sie nun abhängig sein würden von der Gutmütigkeit oder Gleichgültigkeit der Leute.

Lange, ehe sie zur Arbeit fuhr, stand sie auf, womit sie Moritz verärgerte, den schon die Unruhe in der Nacht mitgenommen hatte, doch sie wollte diesen Morgen, der unvergleichbar bleiben würde, in kleinen und genauen Bildern aufnehmen und festhalten.

Er wird wiederkommen, sagte sie zu Moritz, der sein Lager nicht verließ, aber sicher bin ich mir nicht, fügte sie hinzu, und – sie wusch sich, stellte das Teewasser auf, schnitt eine Scheibe Brot vom Laib, warf immer wieder einen Blick auf das Bett, das nichts von ihm verriet – und vielleicht gibt es eine Fortsetzung solcher Liebe nicht.

Sie rief Moritz, trat vor das Haus, und es kam ihr vor, als breche sie durch eine unsichtbare, krachend und knisternd aufspringende Eiswand. Ihre Augen schmerzten in dem frostigen Licht. Sie zog den Schal bis zu den Augen hoch, und da sie genug Zeit hatte, schob sie das Rad ein großes Wegstück. Dann, beim Fahren, schienen die Tränen auf der Pupille zu erstarren. Sie sah alles vielfach gebrochen, wie in einem Kristall.

Wer hat denn ein Verhältnis mit wem?

Auf alle Fälle würde sie seine Nähe nicht suchen, er ihr oder sie ihm zufällig über den Weg laufen wie sonst auch.

In der Nacht und aus der Atemlosigkeit heraus hat er unvermittelt von sich zu reden begonnen, seinen Plänen, daß er nicht daran denke, hier, am Ende der Welt, zu versauern, er wollte in die Stadt, nach Brünn, nach Prag, in die Planung, nur müßte es ihm gelingen, Förderer bei der Partei zu finden, und da wäre seine derzeitige Position völlig ungeeignet.

Und ich?

Du? Indem er schwieg, gab er zu erkennen, daß er über sie Bescheid wußte.

Am Tag schaute er nur einmal im Büro vorbei, und beim Mittagessen wählte er einen anderen Tisch.

Dobrý den, Genosse Zdenek.

Dobrý den, Kollegin Božena.

Nach Arbeitsschluß trödelte sie, ordnete auf dem Schreibtisch das Geordnete, nahm sich Zeit, die Schreibmaschine abzudecken, die Schublade zu verschließen, mit dem Ärmel die Schreibunterlage abzuwischen. Sie würde gehen, ohne nach ihm zu schauen und zu fragen. Wenn er wollte, sollte er ihr folgen, irgendwann am Abend, überraschend erscheinen, wie ein treuloser Liebhaber in der Komödie oder wie ein Halbgott aus der Wolke.

Komm, Moritz! Selbst der gab ihr noch eine Chance, ließ sie länger als üblich warten, bis er um eine Ecke, aus einem Stall auftauchte. Wo treibst du dich nur herum?

Sie fuhr so rasch, wie es ihr der gefrorene Weg erlaubte. Es könnte ja sein, sie hatte ihn versäumt, und er war vor ihr da.

Das war er nicht.

Das wird er mehrere Tage nicht sein.

Nur am ersten Abend wartete sie auf ihn, danach nicht mehr. Obwohl sie ihn während der Arbeit öfter traf, mit ihm sprach, fragte sie ihn nie, ob und wann er komme. Sie genoß das Warten selbst. Sie wartete und füllte das Warten mit Tätigkeiten, Gedanken, mit Gedichten aus, die sie las oder vor sich hin sprach, manchmal auch damit, daß sie sich auf das Bett legte und vorstellte, geliebt zu werden, wobei sie, mit den Zeiten und den Gestalten spielend, den Herrn Doktor, Pavel und Zdenek durcheinanderbrachte.

Drei Wochen vergingen, bis er auftauchte, spät, mit einem Motorrad, das heulend in ihre Nacht einbrach, in der offenen Tür stand, tatsächlich wie ein Halbgott, sie ihm keine Entschuldigung und keine Zeitvergeudung erlaubte, sie ineinanderstürzten, erinnerungslos, und sie diesmal keinen Schlaf zuließ, bis er aufbrach und sich mit einem Satz verabschiedete, der sich finster vor jede Nachfrage rammte: Du sollst wissen, Božena, meinen Vater hat die Gestapo umgebracht.

Er wird sie noch zweimal besuchen kommen.

Sie wird ihn nicht nach seinem Vater fragen, sie kann es nicht.

Die ironische Flüchtigkeit, mit der er sich von ihr verabschiedete, überraschte sie nicht.

Na shledanou, Genossin Božena. Schönen Dank, daß Sie sich ein bissel um mich gekümmert haben.

Sie dachte: Er sagt es so, als wolle er mich watschen.

Viel Erfolg, Genosse Zdenek, und geben Sie auf sich acht.

Als sie das letzte Mal miteinander schliefen, hatte er ihr versichert, er werde ihr nicht schreiben. Ich will mich nicht mit Erinnerungen verrückt machen, sagte er. Das verstand sie. Da wußte sie Bescheid.

Eine Weile wurde auf dem Gut noch von ihm gesprochen. Gerüchte teilten seinen Weg. Auf dem einen machte er Karriere, auf dem andern wurde er bestraft, weil er sich mit ihr eingelassen hatte.

Als sie nach seinem Weggang abends nach Hause kam, holte sie das Briefheft vom Regal mit der Absicht, dem Herrn Doktor zu erzählen, und auf diese Weise der Leere zu entgehen. Sie war sicher, daß sie von nun an allein bleiben würde, ohne Mann.

Lieber Herr Doktor, schrieb sie, brach ab, sagte die beiden Wörter fragend auf, fand sie falsch und befremdlich. Wie konnte sie den Herrn Doktor, der sich im Lauf der Jahre in ihrem Gedächtnis völlig verändert hatte, der immer jünger wurde und sich überhaupt nicht mehr glich, eine Figur nach ihren Stimmungen und Launen war, wie konnte sie ihm unbefangen schreiben?

Fürs erste gab sie auf, zog es vor, die Wesen, die sie für ihre Unterhaltung brauchte, aus den Büchern zu rufen. Nicht selten handelten und redeten ihre Helden so, daß sie es mit der Angst zu tun bekam und sie sie aus ihrer Phantasie aussperrte. Das gelang ihr nie ganz, denn die Geschöpfe aus den Büchern ließen Sätze zurück, die sie nicht los wurde. Ihre Fähigkeit, schnell auswendig zu lernen, wurde allmählich zur Plage.

Wem konnte sie anvertrauen, was sie von Karel Čapek erfahren hatte? Sätze wie Steine, die man in geschlossene Fenster werfen sollte. Zum Beispiel – sie sprach so laut, daß sie Moritz, der sich an ihre Selbstgespräche längst gewöhnt hatte, dazu brachte, sich aufzusetzen: »Das menschliche Leben ist sinnlos und kann nicht erklärt werden.« Oder: »Jeder, der irgendeine Wahrheit behauptet, verbietet alle anderen Wahrheiten. So, als würde ein Tischler, der einen neuen Stuhl gemacht hat, die Nutzung aller anderen Stühle verbieten.« Jedesmal, wenn sie solche Sätze nachsprach, wunderte sie sich, wie Čapek schon vor einer halben Ewigkeit darauf gekommen war, wie er alles hatte vorauswissen können.

Im Frühjahr 1964 sieht sie Helenka wieder, nach Jahren, und zum ersten Mal Václav, ihren Neffen. Er kann sie nicht als die Schwester seiner Mutter in seine Welt einordnen. Sie ist seine Babička. Das verletzt sie, sie versucht, ihn davon abzubringen. Er besteht darauf. Mit vierundvierzig Jahren wird sie Großmutter. Das hab ich davon. Es geschieht mir recht. Er ist ein Kind, versucht Helenka sie zu trösten. Immerhin hat das Kind sofort eine Schwäche für Božena.

Helenka wird nach Prerau ziehen. Sie hat sich scheiden lassen. Darüber, daß sie dann Gelegenheit hätten, sich häufiger zu treffen, sprechen sie nicht.

In drei Briefen schreibt sie ihr Verhältnis zum Herrn Doktor um:

Lieber Herr Doktor,
Sie waren eine Weile aus meinen Gedanken verschwunden. Es gab Sie nicht mehr. Ich habe nicht einen meiner Gedanken an Sie verschwendet. Halten Sie mich für gemein. Ich war es nicht. Was bilden Sie sich eigentlich ein, von mir nach zwanzig Jahren zu verlangen, Ihnen treu zu bleiben. Ich habe Sie betrogen, mit Absicht. Ich habe mir den Jungen geschnappt, um Ihnen zu entkommen. Das ist wahr. Nun traure ich Zdenek nach. Unsere Liebe konnte nur ein paar Sanduhrlängen dauern, liebster Herr Doktor, und mehr brauchte ich nicht. Ich mußte nur endlich erfahren, daß es mich gibt, mich, meinen Körper, daß ich noch am Leben bin. Und, glauben Sie mir, ich bin stolz, daß es mir gelang, für diese Erweckung einen um sechzehn Jahre jüngeren Burschen einzufangen. Er ist, wie gesagt, verschwunden, für immer. Ich werde ihm keine Briefe schreiben. Er mir auch nicht. Meine Briefe an Sie, Liebster, beginnen mich sehr anzustrengen. Ich kann Sie mir auch nicht in Deutschland vorstellen. Alles, was ich in der Zeitung über die Deutschen zu lesen bekomme, macht mir sowieso angst. Sie sind wieder reich und mächtig und möchten, was sie verloren haben, womöglich zurückerobern. Zu denen gehören Sie bestimmt nicht, Liebster. Ich weiß. Es macht mich wütend, daß ich mir das ständig einreden muß.
Ihre Božena
(Geschrieben am 11. August 1966)

Liebster, ich bin krank. Zum ersten Mal. Seit zwei Wochen liege ich in einem verschwitzten, zerwühlten Bett, be-

wacht von Moritz, dem vierten. Sein Vorgänger, der mir bisher liebste aller Moritze, starb im Winter an einer Vergiftung. Der vierte Moritz ist zur Abwechslung ein Foxl. Mit einem Rest von Trauer freue ich mich an ihm. Er lernt eifrig und schnell. Regelmäßig schaut meine Schwester nach mir, ob ich noch am Leben bin. Ich habe oft von Ihnen geträumt. Ehrlich gesagt: Sie gleichen nicht mehr meinem Herrn Doktor, an den ich mich sowieso kaum erinnern kann. Sie sind ja auch nicht älter geworden, und das ist ein Skandal für meine Phantasie.

Božena

(Geschrieben am 2. Februar 1967)

Geben wir es auf miteinander. Ich entlasse Dich. Auch in meinen Nächten hast Du nichts mehr zu suchen. Allmählich spüre ich mein Alter. Meine Liebe zu Dir ist aufgebraucht. Von Deiner, wenn es sie je gab, hatte ich nie etwas. Verschwinde, mein Liebster. Jetzt, jetzt schlage ich das Heft zu, und wenn es nach mir geht, hörst Du nichts mehr von mir, liebster Herr Doktor.

Božena

(Geschrieben am 20. Mai 1967)

Es fällt ihr nicht gleich auf, wie sich die Personallisten ändern. Die meisten Frauen, die wie sie wegen einer »alten Geschichte« in die Landarbeit verbannt waren, hatten sich im Lauf der letzten Monate davongestohlen, anderswo Arbeit gefunden, und schließlich sind ein Elektriker und sie von den »Alten« übriggeblieben. Diese Entdeckung ermunterte sie nicht, ebenfalls nach einer anderen Stellung zu suchen, in der Stadt, in Ostrau oder in Brünn. Obwohl die Zeit dazu einlud. Der Sommer 1967 schien die Leute, bei aller Vorsicht, übermütig zu stimmen und freundlicher. Sie las, die Republik habe mit den Westdeutschen Verträge geschlossen, und für einen Moment erschreckte sie die Vorstellung, der Herr Doktor könnte Olmütz besuchen, sich nach ihr erkundigen, und sie wäre spurlos verschwunden. Doch sie faßte sich, indem sie solche Wunschvorstellungen an ihrer Wirklichkeit maß. Die Frau, die hier lebte, hatte mit der Božena aus der Olmützer Kanzlei nichts mehr gemein.

Im Büro bekam sie unerwartet eine Hilfe, eine junge Frau aus der Gegend, Bohumila. Jahrelang hatte sie vergeblich darum nachgesucht. Der Genosse Vorsitzende, der, wenn es zu Spannungen oder Streitigkeiten kam, unverzüglich »die Partei« zur Hilfe rief oder mit ihr drohte, wurde nachsichtiger und vorsichtiger.

Es kam ihr vor, als nähme die Natur an den allgemeinen Erwartungen teil. Nie hatte sie ein Herbst mit so vielen Farben beschenkt. Auf der Fahrt nach Hause sammelte sie Laub, ordnete es in Kreisen rund um den Tisch auf der kleinen Terrasse und schaute zu, wie ein kreiselnder Abendwind die Farben immer neu mischte. Sie lebte eigentümlich schneller und war sicher, den anderen ergehe es ebenso.

Mit Bohumila führte sie leichtfertige, schwebende Gespräche.

Über Männer.

Über die Liebe.

Über Kinder.

Über die neue Politik.

Kinder möchte ich schon haben. Nur ist es ein Kreuz mit den Männern. Und wie finde ich eine Wohnung.

Fang gar nicht erst an, Bohumila.

Soll ich eine alte Jungfer werden?

Wie ich, meinst du?

Aber nein.

Aber doch. Red dich nicht heraus.

Du bist keine alte Jungfer, Božena, du weißt es. Kokettier nicht.

Bohumila kennt, wie viele der Jüngeren, Boženas Geschichte nicht mehr. Plötzlich ist der böse Faden gerissen, ihre Schande wird nicht mehr weitererzählt, wenigstens, solange die Zeit keine Geiseln braucht.

Die Kerle hier gehen mir alle auf die Nerven. Entweder haben sie schon eine Frau, oder sie saufen und spielen Karten.

Du gewöhnst dich daran, Bohumila.

Hast du dich gewöhnt?

Manchmal rede ich mir's ein.

Willst du nicht fort?

Wohin?

Such dir was aus, Božena.

Paris oder Monte Carlo.

Das hab ich mir gedacht.

Jetzt weißt du, wieso ich es hier aushalte.

Sie lud Bohumila in ihr Häuschen ein, aber das Mädchen blieb auf Distanz; zum ersten Mal spürte sie ihr Alter und die unteilbare Erfahrung.

Auf den Dubček setz ich.

Ja?

Ja. Der könnte viel ändern.

Vielleicht.

Geh endlich aus dir heraus, Božena.

Nicht jetzt.

Und Dubček?

Ich hoffe auf ihn, Bohumila.

Was sag ich!

Sag nichts.

Damals, vor unendlich langer Zeit, als Gomulka einen Weg für Polen suchte, als die Ungarn im Namen Petöfis auf die Barrikaden gingen, durfte sie ihre Hoffnung mit niemandem teilen, war sie niemandem erlaubt, und sie versteckte sich hinter Gleichgültigkeit. Dabei verfolgte sie alle Neuigkeiten mit angehaltenem Atem, immer in der Furcht, ihr Mienenspiel, ein falsches Wort, selbst ein Lidzucken könnte sie verraten. So lernte sie, ein Stein zu werden. Jetzt bekam der Stein Sprünge.

Es lag nicht an ihr, daß sie sich mehr traute, von einem wunderbar frivolen Mut ergriffen wurde; es lag ganz einfach »in der Luft«. Das Leben auf dem Gut geriet merkbar aus dem Trott. Die einen, die sich zurückgehalten hatten, begannen sich zu zeigen, sich zu äußern; die andern, die das Wort geführt hatten, hielten sich nun auffällig zurück.

Der Genosse Vorsitzende reiste zur Parteileitung nach Brünn, und sein Stellvertreter – ein jüngerer Agronom, der erst vor kurzem zu ihnen gestoßen war – benahm sich so, als rechne er täglich mit seinem Aufstieg.

Sie wurde mehr gefragt, als sie es gewohnt war, wurde nicht mehr von vielen ausgespart, sie gehörte nun zu den Alten, die man, ging etwas schief, war etwas nicht bekannt, zu Rate zog. Dennoch schloß sie sich niemandem an, blieb wachsam. Wenn die Zeit mit allen so umgehen würde, wie sie mit ihr umgegangen war, konnte dieses Glück nicht von Dauer sein.

Sie kostete es auf ihre Weise aus, überraschte sich mit Einfällen, die sie zuvor als unnötig oder anstrengend abgetan hätte, besuchte Helenka und Václav, den sie, die Babička kaum mehr spielend, noch mehr ins Herz schloß.

Oder sie fuhr mit anderen vom Gut nach Ostrau, wo sie gemeinsam ein Konzert der Brünner Philharmoniker hörten. In ihr letztes Konzert war sie mit neunzehn Jahren gegangen, 1939, zusammen mit Vater, und es waren ebenfalls die Brünner Philharmoniker gewesen.

Nun, neunundzwanzig Jahre danach, hielt sie das Konzert kaum durch. Es wurde Dvořák gespielt, seine achte Sinfonie, und nach der Pause das erste Klavierkonzert Tschaikowskijs. Die Musik, vor allem die von Dvořák, überwältigte sie, stülpte sie förmlich um, so daß sie sich ernsthaft vornahm, nie mehr ein Konzert zu besuchen. Es gehe über ihre Kraft.

Bohumila, die auch dies wieder für eine der ungezählten Marotten der älteren Kollegin hielt, schenkte ihr ein altes Radio, das sie nicht mehr brauche, damit sie sich allmählich an Musik gewöhne.

Fürs erste tat sie das nicht. Vielmehr lauschte sie allabendlich Nachrichten, Reportagen und Reden aus Prag. Neben Dubček wurden Hájek und Šmrkovský ihre Helden, wenn es überhaupt welche waren, denn die Erwartungen, die sich mit ihnen verbanden, kamen ihr so wunderbar wie unmöglich vor. Sie maß jeden Satz, der kühn aufbrach, an ihren eigenen Erfahrungen. Immer wieder mußte sie sich überreden, Dubček zu vertrauen und die Hoffnung für sich – auf was? – nicht aufzugeben.

Den Sommer über blieb der Genosse Vorsitzende fort. Im Herbst erschien er, und wenige Tage, nachdem er seine Arbeit aufgenommen, Božena ihrer Buchführung wegen gelobt und seinen Stellvertreter »in die Praxis« geschickt hatte, marschierten die Russen, die Polen, die Deutschen ein. Sie konnte ein paar Nächte nicht nach Haus, mußte auf dem Gut bleiben, schlief bei Bohumila, denn die Panzer nahmen ihre Straße in Anspruch. Sie erwartete, daß das Häuschen verwüstet würde.

Sie war eine Zeitlang außer sich gewesen; nun kehrte sie wieder zu sich zurück. Die Panzer schleppten die alte Angst ein, es könnte ihr wieder die Schuld aufgeladen werden.

»Das Präsidium betrachtet diese Aktion als unvereinbar mit den Grundsätzen der Beziehung zwischen sozialistischen Staaten und als einen Bruch der Grundsätze des Völkerrechts.« Sogar im Radio redeten sie von neuem so, als würden ihnen die Lippen zuwachsen. Sie hörte, daß Tausende von Studenten streikten. Dubčeks Aktionsprogramm sollte eingeschränkt werden.

Komm, Moritz, hör mit, paß auf.

Šmrkovský, einer ihrer Heroen, wurde als Parlamentspräsident abgesetzt.

Bitte nicht, flehte sie den Sprecher im Radio an.

Das Haus fror wieder ein. Kein Winter hat ihr so zugesetzt.

Schleich dich, Moritz. Jede Bewegung schmerzte, wenn sie mit ihm spielte.

Auf dem Weg zur Arbeit und nach Hause fuhr und schob sie abwechselnd das Rad. Sie hatte das Gefühl, ihr Rücken bräche bei der ersten heftigeren Bewegung.

Nicht aus dem Radio, sondern von Bohumila erfuhr sie, ein Student namens Jan Palach habe sich in Prag bei lebendigem Leib verbrannt, auf dem Wenzelsplatz.

Zwei Tage danach starb er. Auf dem Hof trafen sich die Landarbeiter und Techniker. Sie wollten nach Prerau zu einer Kundgebung. Kommst du mit? fragte Bohumila. Offenbar hatte der Genosse Vorsitzende damit gerechnet. Er winkte Bohumila aus dem Zimmer und untersagte

Božena, sich diesen Leuten anzuschließen. Ich muß Sie nicht unnötig erinnern.

Das mußte er nicht. Sie könnte dennoch gehen, könnte sich ihnen anschließen. Es war dem Genossen Vorsitzenden unmöglich, ihr Leben noch mehr zu ruinieren, als es schon war, bis auf die paar Bequemlichkeiten, wie das Häuschen, die allabendliche Freiheit mit Moritz.

Ich kann auch hier weinen, Genosse Vorsitzender.

Wenn Sie es nicht lassen können.

Als Bohumila zurückkehrte und aufgebracht erzählte von der Demonstration, den Fackeln und den wenigen Reden, fragte sie: Was hat er eigentlich studiert?

Philosophie.

Der Winter schob seinen Frost in den Frühling hinein. Sie hörte nur noch gelegentlich Radio, erfuhr, daß Dubček abgesetzt war, und die Namen der Neuen interessierten sie nicht. Es waren die der Vorgänger.

In das Heft, sechs Seiten entfernt von dem letzten Brief an den Herrn Doktor, schrieb sie am 29. April 1970 – Dubček, Hájek und Šmrkovský waren aus der Partei ausgeschlossen worden und verschwunden – die letzte Strophe eines Gedichtes von Jaroslav Seifert, die sie in der Prerauer Bibliothek auswendig gelernt hatte:

> Einmal legte ich das Ohr an die Erde
> und hörte Weinen.
> Aber da weinte vielleicht nur das Wasser,
> das in der Zwinge des Brunnens gefangen war
> und nicht zu den Menschen wollte.

Bohumila hatte sich mit einem Techniker verbündet. Die beiden suchten um ihre Versetzung nach, bekamen sie auch bald genehmigt. Božena nahm Abschied von der Jüngeren, ohne daß sie ihr Gedanken nachschickte. Sie ging und war schon gegangen. Seit der Trennung von Eva und Zdenek hatte sie gelernt.

Der junge Stellvertreter des Vorsitzenden verschwand über Nacht, wurde durch einen anderen ersetzt, der es vorzog, in den Versammlungen zu schweigen und zu nicken.

Sie hatte sich von Helenka überreden lassen, sich an einem Sonntagmorgen aufs Rad gesetzt, Moritz gewarnt vor einer längeren als der gewohnten Strecke und war zu einem Kaffeeklatsch nach Prerau gefahren. Václav fing sie auf halbem Weg ab und unterhielt sie mit Geschichten aus der Schule. Sie hörte ihm gern zu. Nichts, was er erzählte, ging sie etwas an, und sie konnte es, nachdem sie sich daran vergnügt hatte, vergessen.

Helenkas kleine, gepflegte und bemerkenswert helle Wohnung empfand sie wie eine Entgegnung auf ihre immer etwas dunkle, karg und willkürlich eingerichtete Höhle. Sie verschwieg diesen Eindruck nicht, was zu einer sprunghaften Unterhaltung über Schwesterlichkeit führte, über Nähen und Unvereinbarkeiten.

Václav ging und kam, sparte einige Anekdoten und philosophische Abschweifungen aus. Moritz hatte sich unter den Tisch verzogen und verbrachte die Zeit zwischen ihnen.

Beim Aufbruch – Václav ließ es sich nicht ausreden, sie ein Stück zu begleiten – sah sie, nach Jahrzehnten, sich und Helenka wieder im Spiegel, zwei ältere Frauen, etwas füllig geworden, beide mit schlecht gefärbten Haaren. Sie lächelte in den Spiegel, Helenka fing ihr Lächeln auf, und für einen Moment stürzten sie durch die Tiefe des Spiegels zurück. Da sagte Helenka: Beinahe hätte ich es vergessen. Und es ist doch sehr wichtig für dich. Unlängst, in Olmütz, erfuhr ich von Bekannten, daß dein Herr Doktor nicht mehr lebt. Du wirst es nicht glauben, er ist schon 1945 gestorben, in einem russischen Kriegsgefangenenlager. Wie er dahin gekommen ist, wußten die Leute nicht zu sagen.

Sie schaute in den Spiegel, auf Helenka, auf ihren Mund. Das kann nicht sein, sagte sie. Ich muß gehen. Dann umarmte sie Helenka und vermied es, ihr in die Augen zu schauen, und verbot Václav barsch und entschieden, sie zu begleiten.

Moritz schlich hinter ihr her, sie schob das Rad, bis es dunkelte, redete mit sich, doch in einer Sprache, die ihr unverständlich blieb. Die Tränen sammelten sich um ihren Mund, und das Salz lagerte sich auf der Lippe ab. Je länger sie lief, um so leerer wurde ihr Gedächtnis. Alle Bilder, an die sie sich geklammert hatte, die fest geworden waren, brachen, brachen auseinander und in sich zusammen. Die Sätze, mit denen sie sie aufgerufen hatte, verloren ihren Sinn. Als sie auf das Rad stieg, schwindelte ihr. Sie hatte Mühe, sich darauf zu halten. Nicht einmal das Land, das sich in der Nacht auflöste und fortschwamm, konnte so bleiben, wie es gewesen war.

Zu Hause angekommen, fütterte sie Moritz, verschloß die Tür, zog sich aus, wusch sich und legte sich hin.

Sie schlief sofort ein. Dafür wachte sie früh und mit einem Gefühl auf, von innen her ausgehöhlt zu sein, woran nur noch ein wandernder, kaum mehr lästiger Schmerz erinnerte. Sie blieb liegen, zum Ärger von Moritz, den es hinausdrängte. Erst als er zu jaulen anfing, öffnete sie ihm die Tür zum Garten. Sie hatte beschlossen, zu Hause zu bleiben. Ehe sie sich wieder hinlegte, brühte sie sich Kaffee auf.

Es würde warm werden. Vielleicht beschenkte sie der Tag mit dem nötigen Fieber.

Sie dämmerte vor sich hin. Ihre Gedanken kreiselten um einen leeren Punkt. Es fiel ihr noch immer schwer, zusammenhängend zu denken.

Am Nachmittag hörte sie ein Motorrad vor dem Haus stoppen. Einer der Mechaniker stand vor der Tür, verlegen, die Hände in den Jackentaschen. Der Genosse Vorsitzende habe ihn geschickt. Er solle sich nach ihrem Befinden erkundigen, ob sie einen Arzt brauche. Sie versicherte, daß sie am nächsten Tag wieder zur Arbeit kommen werde. Ein Anfall von Sommerfieber, mehr nicht.

Sie zog die Tür zu, stolperte, als sie zurücktrat, über Moritz, der sich nah bei ihr hielt, gab ihm zu fressen und setzte sich an den Tisch. Die Schweißperlen auf dem Gesicht, die sie immer wieder abwischte, kamen ihr vor, als drückten sich Tränen durch die Haut. Nichts würde sie mehr wirklich zum Weinen bringen können.

Gegen Abend stand sie auf, goß sich einen Sliwowitz ein, trank ihn in einem Zug, hustete, die Hitze, die in sie hineinschoß, brannte aus, was schon ausgebrannt war. Dann zog sie das Heft zwischen Březina und Hašek heraus, ohne die Not und Lust wie in den Jahren zuvor, aber sie mußte einen Schluß schreiben, keinen Brief, eher eine Anrede oder eine Nachrede. Erst schrieb sie das Datum, den 29. Juli 1972, ging in der Stube herum, wobei Moritz ihr folgte, danach setzte sie sich vors Heft und schrieb, ohne einzuhalten:

Sie sind tot, Herr Doktor. Was haben Sie mir zugemutet. Dreißig Jahre habe ich Sie am Leben gehalten, ein Gespenst, und dreißig Jahre haben Sie mich geplagt, haben mir mein Leben verdorben, ein Toter, ein Toter. Nicht einmal in Reichtum und in Glück sind Sie gestorben, sondern in einem Gefangenenlager bei den Russen. Vor dreißig Jah-

ren. Wie kann ich noch mit Ihnen reden? Meine Gefühle für Sie sind aufgebraucht. Verstehen Sie das? Ich bin leer, leer. Ich habe andere geliebt, Pavel und Zdenek. Ich habe sie nicht geliebt wie Sie. Ich habe mich nach Ihnen gesehnt. Ich habe Sie in meine Träume geholt. Und doch habe ich nicht auf Sie gewartet, nein. Wie konnte ich das auch. Aber ich habe Sie nie verleugnet, das können Sie mir glauben. Ihre Seele weiß es. Ich habe kein Bild von Ihnen, ich habe mir eines machen müssen. Das gelingt mir nun nicht mehr. Ich kann Sie nicht einmal begraben. Ich habe schon nicht mehr an Sie schreiben wollen. Nun muß ich es nicht mehr. Ich lasse Sie in Frieden.

Božena.

Sie habe sich verändert, bemerkte der Vorsitzende einige Tage später, nur könne er sich nicht erklären, wie. Das könne sie ebensowenig, antwortete sie ihm und konzentrierte sich auf ihre Arbeit.

Sie lebte, fand sie, gelassener, fuhr öfter nach Prerau zu Helenka, freute sich über Václav, der auf die Universität in Olmütz ging, las viel und hörte auch mehr und mehr Musik aus dem Radio.

Der vierte Moritz starb an Altersschwäche. Sie fand, nach einer angemessenen Trauerzeit, den fünften, einen Bastard aus Foxl und Spitz.

Um Politik scherte sie sich nicht mehr.

Kurz bevor sie in die Rente ging, nahm auch der Vorsitzende seinen Abschied, der allerdings karger ausfiel als der ihre.

Seit sie zu Hause blieb, bekam sie regelmäßig Besuch vom Gut.

Václav heiratete. Sie mochte Ženka, seine junge Frau, wie ihn.

Mit der Zeit zog sie sich mehr zurück, da Menschen sie anstrengten. Sie fing an, sich zu krümmen, was, wie sie meinte, das Radfahren begünstigte. Der Schmerz in den Gliedern hörte nicht mehr auf.

Im Radio wurde gemeldet, Dubček habe in Prag gesprochen. Sie schaltete ab. Das konnte nicht sein.

Helenka erzählte bei einem Besuch, daß vor kurzem in einer Schulversammlung über ihren Herrn Doktor geredet worden sei, den deutschen Advokaten, der den Bauern in der Hana und den Juden von Proßnitz beigestanden habe.

Laß es sein, Helenka. Er ist tot. Erst haben sie ihn mir austreiben wollen, über Jahre. Nun gibt es ihn nicht mehr.

Helenka widersprach ihr nicht.

Sie tritt in die Tür und wartet auf Moritz. Er wird ihr letztes Hündchen sein. Moritz, ruft sie. Im Grunde wartet sie gar nicht auf ihn. Er kann sich noch eine Weile herumtreiben, sie hat es gern, in der Tür zu stehen, über die Straße zu spähen, die Äcker bis zum Wald. Es ist ihre Gegend, sie kann sie auswendig wie viele Gedichte. Erschöpft bis ins Herz, lehnt sie sich an den Türrahmen. Auf einmal ist Moritz neben ihr. Sie geht ein wenig in die Knie, um mit der Hand seinen Kopf zu erreichen. Was meinst du, Moritz, wer von uns beiden länger aushalten muß?

Zu den zitierten Gedichten:

Jan Skácel, ›Alles gegen uns‹, übersetzt von Felix Philipp Ingold, aus ›Und nochmals die Liebe‹, Residenz Verlag, Salzburg, 1993

Jaroslav Seifert, ›Lied‹, übersetzt von Reiner Kunze, aus ›Erdlast‹ Edition Toni Pongratz, Hauzenberg, 1985

Vítězslav Nezval, ›Mähren‹, übersetzt von Manfred Peter Hein, aus ›Auf der Karte Europas ein Fleck – Gedichte der osteuropäischen Avantgarde (1910-1939)‹, Ammann Verlag, Zürich, 1991

Jaroslav Seifert, ›Erdlast‹, übersetzt von Reiner Kunze, aus ›Erdlast‹, Edition Toni Pongratz, Hauzenberg, 1985

PETER HÄRTLING
SCHUMANNS SCHATTEN

Roman
Gebunden

In diesem Künstlerroman erzählt Peter Härtling vom Leben
und Sterben des großen romantischen Komponisten Robert
Schumann (1810-1856), wobei sich die Kapitel abwechselnd
den letzten beiden Jahren Schumanns in der Klinik bei Bonn
und den Stationen seiner Biographie widmen. Ein dichtes,
vielstimmiges melancholisches Meisterwerk.

KIEPENHEUER & WITSCH

Peter Härtling im dtv

»Er ist präsent. Er mischt sich ein. Er meldet sich zu Wort und hat etwas zu sagen. Er ist gefragt und wird gefragt. Und er wird gehört. Er ist in den letzten Jahren zu einer Instanz unserer (nicht nur: literarischen) Öffentlichkeit geworden.«

Martin Lüdke

Nachgetragene Liebe
dtv 11827
Die Geschichte einer
Kindheit – und die
Geschichte eines Vaters.

Hölderlin
Ein Roman · dtv 11828
Härtling folgt den Le-
bensspuren des deutschen
Dichters Friedrich Höl-
derlin.

Niembsch
oder
Der Stillstand
Eine Suite · dtv 11835
Ein erotischer Roman um
den Dichter Nikolaus
Lenau.

Ein Abend, eine Nacht, ein Morgen
Eine Geschichte
dtv 11837

Eine Frau
Roman · dtv 11933
Die Geschichte einer
Frau – ein Roman über
das deutsche Bürgertum.

Der spanische Soldat
Frankfurter
Poetik-Vorlesungen
dtv 11993

Felix Guttmann
Roman
dtv 11995
Der Lebensroman eines
jüdischen Rechtsanwalts.

Schubert
Roman
dtv 12000
Lebensstationen des öster-
reichischen Komponisten
Franz Schubert.

Zwei Briefe an meine Kinder
dtv 12067

Herzwand
Mein Roman
dtv 12090

Božena
Eine Novelle
dtv 12291
Ein von der Geschichte
zerriebenes Leben.

Günter Grass im dtv

»Günter Grass ist der originellste und
vielseitigste lebende Autor.«
John Irving

Die Blechtrommel
Roman · dtv 11821
Die Autobiographie des
Oskar Matzerath, der
Wirklichkeit ertrommeln
und Glas zersingen kann.

Katz und Maus
Eine Novelle · dtv 11822

Hundejahre
Roman · dtv 11823
Über die Danziger Klein-
bürgerwelt.

Der Butt
Roman · dtv 11824

**Ein Schnäppchen
namens DDR**
Letzte Reden vorm
Glockengeläut
dtv 11825

Unkenrufe
Eine Erzählung
dtv 11846
Eine deutsch-polnische
Liebesgeschichte

**Angestiftet, Partei zu
ergreifen**
dtv 11938

Das Treffen in Telgte
Eine Erzählung und drei-
undvierzig Gedichte aus
dem Barock
dtv 11988

**Die Deutschen und
ihre Dichter**
dtv 12027

örtlich betäubt
Roman
dtv 12069
Berlin im Januar 1967.
Ein junger Mensch will
Zeichen setzen ...

**Ach Butt, dein Märchen
geht böse aus**
Gedichte und
Radierungen
dtv 12148

**Der Schriftsteller als
Zeitgenosse**
dtv 12296

**Mit Sophie in die Pilze
gegangen**
Gedichte und Lithogra-
phien
dtv 19035

Christa Wolf im dtv

»Grelle Töne sind Christa Wolfs Sache nie gewesen; nicht als Autorin, nicht als Zeitgenossin hat sie je zur Lautstärke geneigt, und doch hat sie nie Zweifel an ihrer Haltung gelassen.«

Heinrich Böll

Der geteilte Himmel
Erzählung · dtv 915
Liebesgeschichte zur Zeit
des Mauerbaus in Berlin.

**Nachdenken über
Christa T.**
dtv 11834

Kassandra
Erzählung · dtv 11870

**Voraussetzungen einer
Erzählung: Kassandra**
Frankfurter Poetik-
Vorlesungen
dtv 11871

Kindheitsmuster
Roman · dtv 11927
Auf den Spuren der Kindheit im Nationalsozialismus.

Kein Ort. Nirgends
dtv 11928
Fiktive Begegnung zwischen Karoline von
Günderrode und
Heinrich von Kleist.

Was bleibt
Erzählung · dtv 11929

Störfall
Nachrichten eines
Tages
dtv 11930

Im Dialog
dtv 11932

Sommerstück
dtv 12003

Unter den Linden
Erzählung · dtv 12066

**Gesammelte
Erzählungen**
dtv 12099

Auf dem Weg nach Tabou
Texte 1990–1994
dtv 12181

**Die Dimension des
Autors**
Essays und Aufsätze,
Reden und Gespräche
1959–1985
SL 61891

Christa Wolf/Gerhard
Wolf:
Till Eulenspiegel
dtv 11931

Botho Strauß im dtv

»... ein Erzähler, der für Empfindungen der Liebe
Bilder von einer Eindringlichkeit findet, wie sie in der
zeitgenössischen Literatur ungewöhnlich sind.«

Rolf Michaelis

Rafik Schami im dtv

»Meine geheime Quelle ist die Zunge der anderen. Wer erzählen will, muß erst einmal lernen zuzuhören.«
Rafik Schami

Das letzte Wort der Wanderratte
Märchen, Fabeln und phantastische Geschichten
dtv 10735

Die Sehnsucht fährt schwarz
Geschichten aus der Fremde · dtv 10842
Erzählungen vom ganz realen Leben der Arbeitsemigranten in Deutschland.

Der erste Ritt durchs Nadelöhr
Noch mehr Märchen, Fabeln & phantastische Geschichten · dtv 10896

Das Schaf im Wolfspelz
Märchen & Fabeln
dtv 11026

Der Fliegenmelker und andere Erzählungen
dtv 11081
Geschichten aus dem Damaskus der fünfziger Jahre. Im Mittelpunkt steht der unternehmungslustige Bäckerjunge aus dem armen Christenviertel, der Rafik Schami einmal gewesen ist.

Märchen aus Malula
dtv 11219
Rafik Schami versteht es, in diesen Geschichten den Zauber, aber auch den Alltag und vor allem den Witz und die Weisheit des Orients einzufangen.

Erzähler der Nacht
dtv 11915
Salim, der beste Geschichtenerzähler von Damaskus, ist verstummt. Sieben einmalige Geschenke können ihn erlösen. Da schenken ihm seine Freunde ihre Lebensgeschichten...

Eine Hand voller Sterne
Roman · dtv 11973
Alltag in Damaskus. Über mehrere Jahre hinweg führt ein Bäckerjunge ein Tagebuch...

Der ehrliche Lügner
Roman · dtv 12203
Der weißhaarige Geschichtenerzähler Sadik erinnert sich an seine Jugend, als er mit seiner Kunst im Circus India auftrat. Und an die Seiltänzerin Mala, seine große Liebe...